ハーレクイン文庫

悲しみの葡萄

ヴァイオレット・ウィンズピア

安引まゆみ 訳

HARLEQUIN
BUNKO

THE KISSES AND THE WINE

by Violet Winspear

Published by Harlequin Japan, a Division of K.K. HarperCollins Japan, 2016

悲しみの葡萄

◆主要登場人物

リーザ・ハーディング……………お針子。
ボブ………………………………リーザの兄。
レアンドロ・デ・マルコス・レジェス……エル・セラフィン城主。伯爵にして社長。
アドレシータ……………………レアンドロの祖母。
アナスタシア……………………アドレシータの後見の娘。
チャノ・ベ・ラルデ……………アナスタシアの恋人。
フランキスタ……………………レアンドロの会社の従業員。

1

いまいましい、おんぼろ車！

赤い小型車を中古で買ったのだけれど、ポートベロ通りの店についてきてくれた友達のキャスが、自信たっぷりに予言したとおりになってしまった――アンダルシアのど真ん中での、どこか、とんでもない不便な片田舎でえんこして、あなたを立ち往生させちゃうわよ！

独り旅をしたいだなんて、リーザはちょっとおかしくなったんじゃないかって、みんなは心配したものだ。でも二十二歳になってはじめて、リーザは何から何まで自分一人で考えて、休暇を楽しもうと決心したのだった。大好きだけれど、やたらに兄貴風をふかす兄と、苦労性の義姉《あね》には、今度こそ留守番をしてもらって、魅惑の国スペインの曲がりくねった街道を走り、気が向いた宿屋で泊まり、道端でチーズとパンとフルーツの食事をとろう、と。

義姉のオードリも大好きだけれど、とてもきちんとしたことが好きで、旅行といえばガイド・ブックや美術館のカタログと首っぴき。やれ、ベッドに風を入れたかだの、水は消毒したかだのと――もちろん、リーザがまだ婚約さえしていないことが最大の気がかりだった。

けれども現実は――リーザは今、車のメカニズムについての男性の知識を再評価しないわけにはいかなかった。もう夜のとばりが下りようとしているのに、なんだって、こんな山の中で動かなくなってしまったのかしら?

ボンネットを開けて、ごちゃごちゃと入り組んだ機械をじっと見つめる。あんなに張り切って冒険旅行に旅立って、今まではこの小型車だって、とっても快調だったのに。

運転席に座って、もう一度エンジンをふかしてみる。でも、死者さえ目を覚ますほどのものすごい空回りの音が響き渡るばかり。リーザ自身までが人間の知らない場所に迷い込んでしまったような感じがする。

丘に登るつづら折りの道が延々と続き、辺りは無気味に静まりかえっている。小鳥まで、リーザを一人、置き去りにして巣に帰った。スエードのドライブ・ジャケットのポケットから、ナッツと干しぶどう入りのチョコレートを取り出す。少し空腹だけれど、今夜泊まる予定の宿まではまだ数マイルも山道を登らなくてはいけない。

とうとう車がえんこしてしまったのも、きっとハード・スケジュールのせいね。リーザは肩をすくめて、板チョコを食べ、自分にきっぱり言い聞かせる――パニックに陥ったところでなんの役にも立たないのよ。この道は町に通じているんだから、きっとまもなく、誰かが通りかかるわよ。そうなれば、車を直すのを手伝ってもらうことも、近くの修理屋まで乗せてってもらうこともできるわ。この辺りだって車の修理工がいないほど辺鄙《へんぴ》だってわけじゃないんだし。結局、月の半ばまでにマドリッドに着いて、フランキスタが最近開いた洋装店《サロン》で働けるかどうか、はっきりさせればいいんですもの。

リーザはとても腕のいいお針子で、今まではロンドンの有名な洋装店で働いていた。四カ月ほど前にこの店を訪れたフランキスタが、リーザの仕事を一目見ると、マドリッドの繁華街フェリペ通りに開店する予定の洋装店に、あなたならいつでも採用するわ、と言ってくれた。今度の休暇のアイディアを思いついたのも、このスペイン人のデザイナーに出会ったからだ。兄の家庭とのきずなを断ち切り、自立した女性として生きる、何よりもすばらしいチャンスだった。

オードリに対しては、女性の完全な自由を振り回して冗談ばかり言っていたけれど、リーザが心の底から望んでいるのは、ほかの国で働き、フランキスタのように生き生きと活躍している人たちと巡り合う冒険にほかならない。兄のボブもオードリも大好きだけれど、まるでリーザを自分たちの子どものように扱う。リーザはとっくに、自分のことは自分で処理し、ロンドン以外のどこかほかの土地で自分を試してみたいと考える年ごろになっているのに。

運転席に背をもたせて、じっと聞き耳を立てる。辺りの静けさを破ってほかの車が近づいてくるのを祈りながら。空に一番星がかすかに瞬く。夜のとばりが下りる。今までこんなに孤独を感じたことはない。決して神経が参っているのではないけれど、荒っぽいラテン人の話が、去年太陽海岸《コスタ・デル・ソル》を旅行したキャスの警告が、しだいに心を占領していく――スペイン人ったらね、まるで原始人みたいに、女性をただの快楽の道具としか思わないのよ、と。そのときリーザは声をあげて笑ったけれど、今、野生の香りにあふれる空気を吸い、黒くそびえたつ山影に目を走らせてみると、この恐怖に満ちた美しい景色には、確かに、独り旅の娘を襲おうとひそんでいる男がいても不思議ではない……。

ばかみたい！　リーザが自分をたしなめたとたん、確かに、はっきりと、静かな道にエンジンの音を聞いて、座席で体を硬くする。猛スピードで近づいてくる車の音に続いて、すぐそこのカーブを曲がる轟音《ごうおん》が聞こえる。まるでリーザの車をめがけるように疾走してくる一台の車。突然、響き渡るものすごい車輪のきしみ。車は砂ぼこりを立てながら、小さな赤いオープン・カーからわずか一メートルほど手前で急停車した。

相手がわめきちらすののしりの言葉が、四カ月間懸命にスペイン語を勉強したおかげで、リーザにも分かる。ヘッドライトに浮かんだ顔。怒り狂った、浅黒い、ラテン系らしい威圧的な容貌《ようぼう》。リーザの心臓は早鐘のように打ちはじめる。怒りの化身みたいなこの男と二人っきりなのだから。助けてほしいのはやまやまだけれど、同時に、早く怒りを収めて立ち去ってもほしい。

突然、男が大型車のドアをさっと開け、大またに近づいてくる。早口の鋭いスペイン語が頭の上で聞こえる。激しい怒りに思わず身がすくみそうになるが、リーザはあごを真っすぐ向け、男の話が一区切りするのを待った。ふいに男は、辛辣《しんらつ》なスペイン語でどなりつけるのをやめ、黒い目を細めて、リーザを見下ろす。

「もちろん」今度は完璧《かんぺき》な英語で、鋭く言う。「無茶なイギリス人の観光客くらいだろう、こんなところに車を止めて大事故を起こすのは。きみにはちゃんと分かっているのか？もしブレーキが効かなかったら、この車は、あの絶壁から真っ逆さまにほうり出されているところなんだぞ」

男がさっと伸ばした手の先を見ると、確かに、はた迷惑な場所だった。

「エンジンがかからないんです、セニョール。わざとここに駐車してたわけじゃありません……」

「分かった」男は頭のてっぺんから足の爪先までさっとリーザに目を走らせる。「一人きりかい？　友達は一緒じゃないの？」

リーザは生つばをのみ込んだ。この不きげんな野蛮人に、自分が一人だなんて言いたくない。が、相手の車のヘッドライトに照らし出されて、リーザが一人きりのことも、まだ若い娘であることも、男にはっきり見られてしまった。濃い黒々とした眉《まゆ》を見れば見当がつく。リーザは真っすぐ男を見上げる。挑戦《ちょうせん》的な態度を灰色の瞳《ひとみ》にちらつかせながら。

「あなたはご自分で運転なさるのですから、セニョール、どうしてこうなったかよくお分かりと思います。でも、とてもお急ぎのようですもの、お引き止めするつもりはございませんわ。ほかの車がやってくるのを待って、近くの修理屋まで乗せてってもらいます」

「そのまま駐車していれば、今度は間違いなく崖下《がけした》に突き落とされちまうぞ。ガス欠かい？」

「いえ、計器《ゲージ》では、まだ残ってるんです。どこかエンジンの具合が悪いんだと思いますけど」

「それで、ここに座って、善良なるサマリア人が助けにきてくれるのを待っていたのかい？」

「そういう望みは、スペインでは夢なのかしら？」女性は無責任きわまるという男の嘲笑《ちょうしょう》が、リーザの気持ちを高ぶらせる。「ドン・キホーテは、現代では、時代遅れでしたわね！」

「それは議論の分かれるところだがね、セニョリータ。今はそんなことを話しているときじゃあるまい。この辺りは、スペインでもめったに人の通らない道なんだぞ。もしぼくが来あわせなかったら、どうするつもりだった？　まさか、この山道を歩き回って、ガソリン・スタンドを探すつもりなんじゃないだろうな」

「それほどばかじゃありませんわ。今夜は車で夜明かしして、明日の朝、誰か手伝ってくれる人を見つけるつもりです」

「きみは自分でばかだとは認めたくないらしいがね、自分の車について何も知らずに、こんなところを一人でドライブするなんて、自分で災難を招いているとしか言えないな。しかも、夜が深まれば山々はすっかり冷え込んでしまうことも、ぜんぜん気づいちゃいないらしい。狼《おおかみ》が出たらどうするつもりなんだい？」

「二本足の狼のことですの？」

冗談めかして尋ねながら、リーザは思わず身を縮める。男が隣の座席に身を乗り出し、リーザをはっきり批判しはじめたので。リーザが生意気な子どもで、まったく常識に欠けていて、だから、車から引きずり降ろされて徹底的に痛めつけられる危険だってあるのだぞ、と大きな声で叫ぶ。そして、女からこんな生意気な口をきかれるのにも慣れていない、とも。

「今のぼくはだね、きみをここに置き去りにして、真っ暗な寒い夜に一人ぼっちでおっぽりだしたいと思っているさ」吐き出すように言う。「きみの国にはドン・キホーテがいないというのも、不思議でもなんでもありゃあしないさ。あの男の優しさは、うぬぼれが強いだけで、丁寧に助けを乞う優雅さもないわがまま娘にはもったいないぞ。さてお嬢さん、きみは助けてもらいたいのかい？　それとも地獄に落ちろってぼくに向かって叫びたくてしかたないのかい？」

リーザは、男に悪態をつきたいと強く思ったけれど、同時に、首筋にあたる夜風が冷たいことも感じていた。車の中には、薄いひざ掛け一枚しかない。

「わたし……手を貸していただきたいわ」今まで、ものを頼むのがこんなにも難しいと思ったことは一度もない。「ちょっとエンジンを見ていただけません？　近くの村まででも行きたいんです」

「あいにく、ぼくは急いでいるんでね。この薄闇の中でエンジンを直す時間はとてもない。とにかく、ぼくと一緒に来たほうがいい。さあ、車を降りて。荷物も持ってきたまえ」

「村まで乗せてってくださるのね？　ありがとう、セニョール」

「ここから一番近い村は、ぼくの通る道にはない」男はそっけなく言う。「一夜を過ごせるところに連れていこう。朝になってから、きみの車を引き取りに来させればいい。来たまえ」

絶対命令だった。リーザが従わなければ、男はさっさと車を走らせ、振り返りもせずにリーザを置き去りにするだろう。心の中では男の強圧的な態度に腹を立てながら、リーザは赤い車を降り、トランクからスーツケースを取り出す。身軽な旅で、パンタロン・スーツ一着、着替えの派手な綿シャツ数枚とナイロンの下着を持ったきり。

キッドのドライブ・シューズの底が平らなせいで、ジャガーまで並んで連れていかれるとき、リーザはとても自分を小さく感じる。男が助手席のドアを開け、リーザが体をすべり込ませる。小さく質素な車から出てきたせいで、よけい暖かく快適な車だと感じながら。男は運転席に乗り込むと、勢いよくドアを閉め、一瞬リーザのほうを向き、ひざからスーツケースを取り上げると、後ろの広い座席に無造作にほうり投げる。

「できるだけ楽にしたほうがいい。ひざ掛けはいるかい？」

「ありがとう、セニョール。でも、結構です。とってもすてきな車ね。乗せてくださって感謝してます」

「実際、きみは神に感謝しなくちゃいけないぞ。通りかかったのが、このぼくであって、きみの途方もない無邪気さを利用しようとするごろつきじゃなかったことを」

まるで翼がついて上り坂を走る車のように、男の口調も滑らかだった。リーザは振り返ってぽつんと取り残されている派手な小型車を見やる。「ガソリン・スタンドで牽引《けんいん》させるよう手配するさ」とたんに男が言った。

「きみがラテン系の娘なら、間違いなく《無邪気《イノセンシア》》って名だろうな。ブラボー、スペインの独り旅！　こんなことを許すなんて、どんなご両親なのかな？」

「子どもじゃありませんわ、わたし。もう二十歳《はたち》を過ぎてます。今の今までは、何もかも快調だったんです」

「二十歳を過ぎてるって？　とてもそんなふうには見えないね」

車は夜の闇の中を疾走する。ヘッドライトが切り立った険しい道を照らし出す。ときどきリーザは隣の男に目を走らせた。確かに、とても印象的な横顔だった。ラテン民族特有の彫りの深い眉と鼻とあご。意志の強そうな眉の上の、きちんと手入れされた黒髪。がっちりした顔は、声とよく合っていた。なんて高貴な顔立ちなんだろう!

「ぼくはお気に召しましたか?」

ふいの質問に、リーザは頬を真っ赤に染め、車の中の明かりでは自分が赤くなったことに気づかれないだろうと思って、ほっと胸をなでおろし、皮肉たっぷりの相手の質問は無視することにした。それきり二人は黙ったまま、数マイルを走り続ける。とうとうリーザは、これからどこに行くのか、尋ねないわけにはいかなくなってしまった。

「ぼくが怖いのかい?」

「いいえ……ほんとは、わたし、かなりおなかがすいてるものですから。もう、そろそろ近くの宿屋に着いてもいいころだろうと思って」

リーザは挑戦的になっていた。夜の闇のように黒い髪と黒い瞳をした、まったく行きずりの男を、どうしても意識しないではいられない。身だしなみがよく、話も上手で、高価な車を持っているからといって、この男がスペインの狼ではないという保証はどこにもない。スペインの男性はたいていおしゃれ好きで、女の子をだますくらいの個性的な雰囲気は持っているものよ、とキャスは言ってたけど。ひざの上で両手を硬く握りしめたまま、リーザは生まれてはじめて不安におののいていた。もしこの男が車を止めて、宝石入りの指輪をした手を自分のほうに伸ばしてきたら、どうしよう？

　角を曲がったとたん、車が大きな門のそばに横づけになる。リーザの心臓は今にも止まりそうだった。思わず小さな叫び声が口をついて出る。男は警笛に手をかけ、そのまま鳴らし続けていた。突然明かりがついて、ずんぐりした門番小屋のような建物が、閉まった門の向こう側の小道の横に現われる。戸口が開き、人影が一つ、コートに腕を通しながら走り出てくる。

　鉄扉の門がギギーと音を立てて開かれ、大型車は再び走り出し、門をくぐりぬけ、砂利道をすべるように走っていった。垣間《かいま》見た門番の顔は、ちょっとおびえていたみたいだったけれど、ただ車の警笛にたたき起こされて、びっくりしていただけだったのかしら？

「ここがどこか教えてくださいますわね？　あなたが近くの村まで乗せてくださるものとばかり思ってご一緒したんですもの。でも、ここは個人のドライブ・ウェイのようですけれど……」

「お察しのとおり。ぼくの家の……」

「まあ、あなたって、なんて人なの！　自分の家に連れ込むなんて！　あなたを信用すべきじゃなかったわ！　見た瞬間から分かってたんです、悪魔みたいな人だってことは！」

「ちょうどきみがばかだってことが、ぼくにも分かってたようにかい？　第一印象はたいてい当たるっていうがね、朝の光の中で見るまでは、我が家の判断はしないでもらいたいな。きみの今の心理状態じゃ……たぶん腹もすいているだろうし、青ひげ公の城に見えてもしかたあるまいから。ちゃんと言っただろう。田舎の宿屋よりずっとすてきなベッドを提供しようって。それにすばらしい夕食もね」

「それで、わたしは何をお返しすればよろしいのかしら？」

ぴしゃりと言い返すように、言葉がかみ殺すより先に口から飛び出していた。ああ、神さま、一瞬ぞっとして、リーザは目を閉じる。もしこの男がスペインの大物で、リーザを傷つけようなんて少しも思っていなかったとしたら？　男には妻がいて、このときの様子を話して最高のジョークにして二人でおもしろがったとしたら？　いくらかでも慎重に振る舞えるようにとリーザは神に祈った。今まではいつも、オードリを絶望させるほど衝動的だったのだから。

リーザは身じろぎ一つせず、彫像のように、厚いベロアのシートに座ったまま、男がどなりつけるか、ちょっぴり楽しもうと思ってさもおもしろそうにするかを、ただじっと待っていた。

「さて、それで落ち着いたかね？　うじうじと心に抱いていたおきまりの質問を口に出してしまったんだから――無垢《むく》な娘も世慣れた女も、同じことを考えるものらしい」

「わたしの立場にもなってください。村に連れていってもらえるものと信じさせておいて、代わりにあなたの家に連れてこられたんですもの。結婚してらっしゃるんなら、奥さまは見ず知らずの者に快くベッドを貸してくださるかしら？」

「我が家ではぼくがあるじさ」

さらりと言って、男はブレーキを踏む。ヘッドライトに照らし出されていく建物に、リーザはあっけにとられてかたずをのむ。石段が大きな樫《かし》の扉まで続き、その上に、四角の小塔が立ち並ぶ城の正面がそびえている。巨大な建物全体が、古代の美と歴史のかもしだす不思議な香気を放ちながら、のしかかるように目の前にあった。ジャガーから降り立ったリーザを、黒っぽい房を石壁にからませた植物や花々の香りが包み込む。

「これが……これがあなたの住んでらっしゃるところなの？」

思わず尋ねる。そばにやってきた男に腕を取られて、リーザの唇《くちびる》からは小さなため息さえもれた。スエードのジャケットの上からしっかりとリーザを支え、じっと見下ろす男の顔に、そのとき緊張がよぎった。

「ぼくはきみに親切にしてあげたんだから、セニョリータ、今度はきみがお返しをしてくれる番だ――頼むよ、ばかみたいに飛び上がったりしないでくれよ。なにもきみの汚れのない体でもてなしてくれと言うつもりはないんだから……実は、ぼくはかなり厄介《やっかい》な立場に立たされてね――去年、婚約者がイギリスにいるふりをしてしまったものだから。それというのも、祖母の攻撃の手をくい止めるためだったのだけれど……。

年老いた女家長でもある祖母は大好きだけれど、だからといって、ぼくの妻まで勝手に選んでもらいたくはない。父のときのように、祖母もぼくには無理じいはしないと思うが、いさかいはいやだから、未来の妻をでっちあげちまったんだ。仕事でイギリスに行ってる間に出会ったことにして。祖母も信じている。小さな駆け引きは、千の議論より価値のあるものさ。もし、きみがこの作り話の婚約者のように振る舞ってくれたら、ほんとに助かるんだよ。ほんの二、三日でいい。祖母が自分の後見しているアナスタシアを嫁にするって公言して、ぼくをうろたえさせたりする前にね。一年前にも脅かされて、その日、自分で探すからって約束しちまったんだよ……。

明日、花嫁が現れなければ、祖母は被後見人の娘を花嫁に迎えるかどうかという立場に、ぼくを追い込んでしまう。この娘は美人で、それはぼくも認めるがね。でも、父みたいに、ただ次の世代を作るためだけに結婚を強制されたくはない。父と、修道院に入っていたイベリア娘だった母は、ちっとも幸せな夫婦じゃなかったらしい。祖母が心配しているのは、家系が絶えることで、ぼくの結婚が遅すぎるって、そりゃあ、うるさいんだよ」

男はリーザの腕を取っている手に力をこめて、リーザの顔をのぞき込む。浅黒くて、思わず引き込まれそうなほどの美貌だ。城の大扉が開き、明るい光が足もとを照らした。

「きみをイギリス人の婚約者として紹介させてほしい。お礼に、欲しいものはなんでもあげるって約束するよ。若いお嬢さんには、欲しいものがたくさんあるんだろう？　それに、きみのように好奇心あふれる大きな目をした若い女性には、この役目はぴったりだもの」

「でも、わたしたち、何一つ知らない赤の他人同士なのに」

「きみは何も知らない男の車に乗って、こうしてここにやってきたじゃないか。きみを殺そうと思えば殺せもしたのに、ぼくの頼んでいることといったら、ほんの少しお芝居をしてもらうだけだよ。それできみは新車だって手に入るんだ。すてきな車に乗って、どこにでも行ける。故障の心配もないし、通りすがりの見ず知らずの男の言いなりになることもない」

「あなたの言いなりになるしかないっておっしゃるつもり?」

できることなら、男の指にかみついて、その目に浮かぶとまどいの色を見てみたいくらいだ。召し使いが二人のほうに向かって階段を下りてくる。今こそ自分の人生で一番重大な瞬間だと、リーザにははっきり分かっていた。このスペイン人の無暴な要求を拒めば、間違いなく、自分の腕はへし折られてしまうに違いない。リーザの大きな瞳が腕を放してくれるように必死に訴える。とたんに男は、リーザをぐいっとそばに引きよせると、声を殺して鋭く尋ねた。

「名前は?　さあ、言いたまえ」

「リーザ……リーザ・ハーディングよ」

「ぼくはレアンドロ・デ・マルコス・レジェス」

男の息が頬にかかる。そのとき召し使いのあいさつが聞こえた。

「ようこそ、城にお帰りくださいました、伯爵さま」

頭がくらっとして、リーザは、腰に回された伯爵の腕の中で気が遠くなる。

「ブラスコ、ぼくの婚約者だ」わざとゆっくりとしたスペイン語で言う。「彼女の部屋《スイート》を用意するように、前もって電話をかけておけばよかったな。でも、彼女は腹ぺこだから、ぼくと一緒に夕食をとっている間に、部屋の空気を入れ替えて、準備しておいてくれ。母上の鳩の部屋《ドーヴ・スイート》を使う」

「かしこまりました、伯爵さま」

召し使いはすばやくリーザをながめる。こんなに気後れしたことは一度もない。自分をつかまえている腕を除けば、何もかも、幻のようだった。リーザとマルコス・レジェス伯爵は、スペインの山すそにそびえる城の扉に向かって、階段を上っていく。

「お願い……放してちょうだい」

リーザは身を引こうともがく。が、圧倒的な男の力を思い知らされるだけだった。

「あきらめるんだな。きみはもう、後には引けない」

「あなたはご自分のことを、あるじだっておっしゃったばかりよ。主体性のない結婚を強いられそうになってびくびくしてるなんて、それでも主人だなんて言えますの？」

「愛こそぼくの主人さ」きっぱりとした口調だった。「マルコス・レジェス家の人間は、今ではただ二人しか残っていない。祖母とぼくだ。祖母を大切に思ってはいるが、ただ子どもを作って家系を守るためだけに、自分の選んだかわいい娘と結婚させようという心遣いまでは、甘んじて受け入れるつもりはない。祖母だってぼくをありきたりのスペイン人に育てようと思っていたら、わざわざイギリスの大学へはやらなかったはずだもの……。

ぼくはきみの国の言葉だけではなく、自主性を大切にすることも学んできたつもりだよ、セニョリータ。だから、自分で結婚したいと思うまでは、結婚のきずなにしばられたくないし、とりわけ、女性はただ一つの目的のために存在すると考えている娘とは、絶対に結婚したくない。はっきり言えば、物事をわきまえた大人の女性と結婚したいと思っているんだよ。こんなことを言えば、祖母はびっくりするだけだろう。見たところ、きみはとても若く、精神を大切にしているようだから、ぼくの計画にはぴったりだ。祖母は、きみが美しい歯と肌と髪を持っていることにすぐ気づく。そして、それだけで充分なんだ」

「つまり……雌の子馬のように」

リーザは息が止まりそうなほど驚く。何もかも常軌を逸した巡り合わせだった。ふいに大声をあげてリーザは笑い出した。なかなか止まりそうにない笑い声に、伯爵が両手でリーザの肩をつかみ、激しくゆさぶる。まじまじとリーザを見下ろす黒い瞳の奥に、怪しい炎が燃えていた――是が非でも、自分の思いどおりに行動するぞというシグナルみたいに。疲労が体中を覆い、男の押しつけがましさと争う気力もうせて、リーザは今にも涙がこぼれそうになった。

「わたし、あなたは好きじゃありません」

「秘密をもらしさえしなければ、憎んだってかまわないよ。祖母がきみのことをイギリスで見つけた娘だと信じることが肝心なんだ。たえず祖母といさかいをしたくはないからね。祖母は我が道を行く典型的なラテン女性だ。だが、この問題だけは、ぼくの意志も鉄のように固い。自分で自分の妻は選ぶつもりだよ」

話しながら足を踏み入れた大ホールの明かりの下で、リーザは当惑しながら伯爵をまじまじと見つめる。

「わたし、夢を見てるんだわ。実際、そんなことを……まったく知らないもの同士が婚約してるふりをしようなんて言い出す人は、どこにもいなくってよ。第一、わたしにはうまくやれません。完全な偽ものですもの、かならず正体がばれてしまいます。女優じゃありませんわ、わたし」

「でもきみは、冒険を求めてスペインにやってきた勇敢なお嬢さんだ。ドン・キホーテの女性版を地で行くのは、怖いかい?」

不思議なことに、この言葉がリーザの心をとらえ、しぶしぶながら、興味をそそられはじめた。何度もドン・キホーテのように戦ってみたいと思ったことはあったけれど、今までの人生は平穏すぎて、きまりきったレールの上を走るばかりだった。

「ほんとにどうかしてるわ。ベッドと夕食の代わりに、こんなことを要求するなんて」

「無理にとは言わないさ」

伯爵は両手を放す。

「ほんとなの？」

伯爵をじっと見上げたリーザは、このときはじめて、伯爵が今まで会った男の中で、一番美しく、端正な顔立ちであることに気づく。ぴったりしたグレーのスラックスによく合う黒いジャケット。褐色の首にゆるやかに結んだ濃紺の絹のネクタイ。年のころは三十四、五。いつも小指の先で女たちをあしらってきたような雰囲気。

無理じいしないのなら！　リーザは開かれたままの正面の扉をちらと見る。その向こうには、自分の赤い革のスーツケースをさげて階段を上っていく召し使いが見える。突然、リーザは召し使いのほうに駆け出す。召し使いは立ち止まって、驚いてリーザを見つめた。リーザの唇から小さな叫びがもれる。ねらった獲物に跳びかかる黒豹《くろひょう》のように、伯爵が、すばやく、音も立てずに、リーザに跳びかかったからだ。

「いとしい人《アマーダ》。お祖母《ばあ》さまに会うのに、そんなにいらいらしちゃいけないぞ」召し使いに分かるようにスペイン語で話しかける。「前にも言ったようにね、かわいい人《ベケーニャ》、きみと結婚すると決めたことは、お祖母さまだって喜んでくださってるさ。きみがあんまり無邪気で、ラテン娘とはかなり違っていても……そりゃあ、最初はショックを受けるかもしれないが、そのうち、気にしたりはなさらなくなる」

「放してちょうだい」

リーザが身をよじる。そのとたん、召し使いに白い歯を見せてにやりと笑うと、伯爵はいやがってもがくリーザをさっと両腕に抱きあげ、軽々と、しかもきっぱりと、大ホールを横切り、真っ白な壁に深く埋めこまれた楕円形の扉のほうに向かって歩いていった。

「ワインを一杯飲んで、神経を静めなきゃ、おちびさん」

微笑を浮かべて話しかけてはいるが、リーザを鋼のようにしっかり抱きかかえている。身動きがとれないまま、楕円形の扉が開き、暖炉が赤々と燃えている部屋に連れていかれ、リーザはもうどうすることもできないことを悟っていた。真っ暗闇の外で、山から吹き下ろす風にさらされた後では、部屋の中は暖かくて心地良い。

やっと床に降ろされたリーザは、ほんの短い間、伯爵の柔らかいジャケットを握りしめたまま、今まで経験したことのない、男の持つ磁気のような魅力をはっきりと意識していた。伯爵は手を取って、大きな石の暖炉のそばに引っぱっていき、大きな椅子に座らせる。そして、にやりと笑うと、マホガニーのサイドボードに歩みより、ガラスの水差しからグラスにシェリーをつぐ。

リーザは伯爵の笑いに気づいていた。二度までも、横暴な意志に女を従わせた男の笑いに。

「スペインでは、上質のシェリーはワインの王さまと言われているんだよ」

伯爵はグラスをリーザに渡す。この男の車に乗ってしまったばかりに、こんな立場に追い込まれてしまった。城から出ていきたいと言ったところで、村に行く道も分からず、村まで連れてってくれるつもりなどさらさらないことは、伯爵の顔を見ただけで分かる。そのうえ、風はますます強く吹きすさんでいる。大きな椅子に腰を下ろしたまま、リーザは、暖炉の前に立ちはだかってよけい背の高く見える伯爵を、じっと見つめていた。とりわけ、ワイン・グラスにつけた唇を。大胆さとある種の官能を秘めた唇を。

「ワインを飲みたまえ。幸せっていうのはどういう気持ちか分かるよ、セニョリータ。エル・セラフィンの葡萄《ぶどう》は、山すその太陽と山頂の残雪が味つけをしたものだから」

「エル・セラフィンとおっしゃいましたわね。それは城の名前？　それともこの地方の名前かしら？」

「城はこの地方そのものだよ、セニョリータ」リーザの無知をからかうような微笑。「今、城の周りに広がる土地は、みんな、伯爵未亡人である祖母とぼくのものなんだよ。城は巨大な岩山のくぼみに立っていて、小塔の上には山々がそびえている。どちらも金色《こんじき》を帯びた灰色で、いかめしいが、美しい。太陽が降り注ぐ中庭《パティオ》には青いジャカランダの木も茂っているけれど、嵐もあってね。屋上にはひょうが激しく降ることもある。この城は、マルコス・レジェス家の性格そっくりだとも言われている。我が家のものは情熱的で、同時に冷酷なんだ」

リーザはワインに口をつける。果物の味に火のような熱いものが混じっていて、すぐ体が熱くなる。

「あなたが腹を立てると、地獄みたいに恐ろしいって警告してくださったわけね？　ちっともおもしろくないことだけれど、あなたの申し出に素直に従ったほうがおりこうだって、おっしゃってますのね？」

「ぼくらスペイン人は、親切には親切で報いるという格言を大まじめに実行する国民だと聞いたことはないのかい？　この城にいれば、行商人やジプシー・ダンサーの一行を泊める山の宿よりずっと快適だし、ベッドも暖かくて清潔だ。それに料理は、この地方で最高だよ。きみは腹ぺこなんだろう？　もう一刻も待てないんじゃないかな」

伯爵はあふれるほどの書棚に近づき、その横に取り付けてある呼び鈴に手を掛けたまま、黒い眉を上げてリーザを振り返る。

「エムパナダは好きかい？　こしょうで味つけした肉と玉ねぎ入りのあったかいパイなんだけど。ぼくの大好物でね。フロレンティーナがいつも作って待っててくれるんだ。そうそう、我が家の職業も話しておかなくちゃ。ごく上等のビロードからごく薄い絹まで、柔らかいスエードから堅い革まで、あらゆる生地を取り扱っている。ぼくはマドリッドの会社の社長をしていて、祖母のマドレシータの誕生日を祝うために城に帰ってきたところだ。

あとわずかで、祖母は八十歳になる。その誕生日の贈りものに、花嫁を期待しているってわけなんだ。この小さなうそはぜんぶ善意から出たものさ。そうだろう、セニョリータ？　イギリスに帰れば、きみは何もかも忘れられる。でも、ほんの数日間我慢してほしい。いいね？」

ぐいっと呼び鈴を引っぱると、伯爵は皮肉っぽい笑いを浮かべる。

「悪魔と聖人の国と言われるこのスペインを、たった一人でドライブするなんて？　きみは、確かに、おばかさんに違いない。もっともぼくは、無邪気すぎるとは思うけれど、それだけじゃないとにらんでいる。セニョリータ、イギリスできみが置かれている状況から逃げ出そうと、反抗しているんじゃないのかい？　とても挑戦的な目をしてるもの……ぼくの言うとおりだろう？」

「あなたにはなんの関係もないことですわ」

リーザはワイン・グラスに目を落として、伯爵が自分の目の中にジレンマを読みとれるほど大人であることを、不公平だと思う。

「男のことかい？」

深々とした金色のじゅうたんを横切って近づいてくる男を、目を伏せたまま、そっと盗み見る。手作りの靴。仕立てのいい細いズボンでますます長く見える脚。まるで音もなく忍びより、逃れるすべもないままに、罠《わな》にかけてしまう動物そっくり。

「まさか、わたしが見ず知らずの人に、自分の心を打ち明けるとはお思いじゃないでしょ?」

「ぼくだって、きみのことを一つ、二つは知っとかなきゃ。とにかく、一年も前からの知り合いだって祖母を納得させなきゃいけないんだからね。まず、ご両親のことを話してくれ……」

「両親はいません。二人とも亡くなりました。十歳上の兄が、わたしの面倒を見てくれてたんです。今はもう家庭を持ってます。だから、自分自身の人生を築くこと——それがわたしの望みです。とっても簡単でしょ。でも、わたしが婚約者の役をやると思ってらっしゃるのなら、間違いですわ、伯爵さま。気前よく一晩わたしをここに連れてきてくださったお礼に、そんなことを頼んだり期待する権利は、あなたにありませんもの。ほかの人なら、きっと、あなたの命令を聞けば、まるでむちでぶたれたみたいに飛び上がってしまうかもしれないけれど、わたしはただのイギリス人旅行者ですもの、食事代と宿泊代はちゃんとお支払いします」

「おもしろいことを言う人だ。スペインに一人でやってはこられても、きみはスペイン人の性格については何も知ってないんだな。このぼくが客をもてなして金を受け取るなんて、本気で考えてるのかい?」

「わたしがあなたの婚約者の役に飛びつくって、本気で考えてらっしゃいますの? あなたは、誰も抵抗できないほど魅力的だとご自身で思ってらっしゃるから、それに領主の権利を執行するのに慣れてらっしゃるから、ただの小娘が命令を拒絶すると、ショックをお受けになるのよ。はっきり申しあげておきます。わたしにはお受けできません……」

リーザが声高に話している最中にドアが開いて、黒いドレスに真っ白なエプロンをつけた太った女が現れ、運んできたトレイ越しに大きな目でリーザを見つめている。

「セニョール、夕食をお持ちしました」女は窓のそばの円いテーブル・セットにトレイを運びながら、まだリーザをじっとながめている。くしゃくしゃに乱れた金髪ときらきら輝く灰色の瞳。浅黒く背の高いマルコス・レジェス伯爵とは対照的な、典型的なイギリス娘だ。「人のいいブラスコが、伯爵さまがイギリス人の婚約者をお連れになったと教えてくれましたの。エムパナダがお嬢さまのお気に召すとよろしいのですが――今夜は子牛の肉に鳥肉も入れてあります。とてもおいしくて、あったかいですよ。早く席に着いて召しあがってくださいまし」

「グラシアス、フロレンティーナ」伯爵は料理女に温かい微笑を送り、もう一度じっとリーザを見守る。「さあ、アマーダ、一緒に夕食をとろうか？　フロレンティーナはエル・セラフィン最高の料理人だと保証するよ。あのガリシアの生まれで、北スペインの海岸の料理法をみんな我が家に持ってきてくれたんだよ。きみがエムパナダが冷たくなるまでほうっておいたら、もう許してもらえないぞ」

伯爵が手を差し伸べる。小さな敵意をこめた瞳のように、左手の小指にエメラルドの太い指輪が輝いている。リーザは体をこわばらせて伯爵の手を取る。指と指がからまり、伯爵はリーザを立ち上がらせる。大きく目を見開いて見つめる伯爵の顔には、黄褐色のチーク材に彫り込んだみたいに、強い意志がこもっていた。フロレンティーナがパイの上の真っ白なリネンの布を取る。飾りのついた金のふたに焼きつけてある家紋が目を射た。

「わが家の紋章は、鷹《たか》と塔と百合《ゆり》だ。きれいなデザインだろう?」

伯爵はリーザの椅子を引く。フロレンティーナがパイにナイフを入れると、ぱっと香りが漂う。おいしそうな肉と刻み玉ねぎのにおいに、リーザは思わず口走っていた。

「すばらしいにおいだこと!」

フロレンティーナがもの問いたげに伯爵を見やる。伯爵は微笑を浮かべて、スペイン語で言い直す。黒髪を背中まで垂らした太った料理女は、金歯を見せて、相好をくずし、すぐいたずらっぽい目でリーザをながめながら、早口のスペイン語でしゃべりはじめた。

「フロレンティーナは、きみがほめてくれて喜んでいるんだよ。おいしい料理の分かる婚約者が見つかって、ぼくは幸運だってさ」

リーザは唇をかんだ。どんどん危険なゲームに誘い込まれていく。リーザはフロレンティーナに抗議したかった。伯爵の存在さえ、闇の王プルートのように、暗闇で偶然出会うまで知らなかったのに、まして婚約者だなんて、と。真実を話そうとスペイン語を探すが、この大事な瀬戸際になって、四カ月間学んだはずの単語がちっとも浮かんでこない。

フロレンティーナが出て行きドアが閉まったとたんに、リーザは食べはじめる。見たとおりにおいしいエムパナダをぱくつきながら、リーザはレアンドロ・デ・マルコス・レジエス伯爵と二人っきりで遅い夕食のテーブルに向かっていた。

2

エル・セラフィン地方に高々とそびえるカスティーヨ、つまり城は、スペイン建築の粋を集めた、すばらしい城だった。何世紀も経た現在でさえ、建立当時の面影そのままに、深い山々と森を背に、威風堂々と、非の打ちどころがない。朝日をあびて褐色に輝く石の城壁。青空に切り立ついくつもの小塔。優美で、誇り高く、しかも力強さがあふれている。

ガウンを着たまま、うっとりとベランダにたたずんでいたリーザは、寝室に引き返して、もう一度、暖炉の上の鳩《はと》のようなつぶらな瞳《ひとみ》の肖像画に見入った。昨夜山あいで出会ったレアンドロ・デ・マルコス・レジェスが、こんな高貴な生まれだなんて、今でも信じられない。

レアンドロの母は、とてももの静かな美人だ。肖像画では、ほっそりした娘っぽい体にくすんだ青いドレスを着て、髪はマドンナふうにカールさせている。装身具も、結婚指輪のほかには、宝石をちりばめた十字架のペンダント一つ。昨夜のレアンドロの言葉が浮かんでくる――母は修道院を出て父と結婚したが、決して幸福ではなかった……。

きっと鷹《たか》とつがいにされてしまった鳩だったのね、とリーザは思う。その結果、残忍な思いつきには、なんであれ、跳びかかっていかずにはいられない息子を作ってしまった。そして、何も悪いことをしたことがないこのわたしが、一番新しい犠牲者になろうとしてるんだわ。塔の中にある美しい寝室を見回しながら、リーザは、自分が蜘蛛《くも》の巣にかかった蠅《はえ》のように感じていた。

母親の肖像をしげしげとながめながら、この優しい姿の中に、レアンドロと似ているところを見つけようとする。が、どこにも見当たらない。きっとお父さまに似たのね。それとも、家系を守るため早く妻を迎えるように言い張っている手ごわいお祖母さま似なのかもしれない。

肖像画の瞳が、自分をじっと見つめているみたいだった。大きく、思慮深い茶色の瞳は、深い悲しみの泉のよう。まるで、心の底から、結婚生活を幸せなものにしようと懸命に努めたのよ、と訴えているみたいに。何がいけなかったのかしら？　妻としてはあまりにも精神的すぎたのだろうか？　争ったり戦いをいどむ気持ちなどまるで持ち合わせていない優しい人柄で、誇り高く、頑固で情熱的なスペイン人には物足りなかったのだろうか？　きっとそうね、鳩が鷹を満足させるなんて不可能ですもの。

レアンドロの母の目には嘆願しているような色さえあった。リーザの心臓が早鐘のように打ちはじめる――ああ、だめだわ。ここにいて、どんなことに巻き込まれるかもしれない仮面劇のヒロインの役を引き受けるわけにはいかない。山あいの道で偶然出会ったことを、運命の糸のように受け入れるのは、レアンドロの間違いよ。

リーザは肖像画の前を離れ、窓から差し込む日の光にいちだんと美しさを増した部屋を見回す。王冠を型どった天蓋つきの薄絹で覆われたベッド。浮き彫りのある黒いテーブル。その上のすてきな花びん。壁のくぼみに飾られたレースと象牙《ぞうげ》の美しい絵扇。浮き彫りが施された黒い木製家具は、どれも絹のようにつややかで、厚いふわふわのじゅうたんは、素足に快い。

リーザは、この部屋にも、肖像画の女性にも、そして城にも、心を動かされたくないと思う。けれど、スペインにやって来たとき、心のどこかで、こういうところに来たいと思っていなかったとは言えない。太陽海岸《コスタ・デル・ソル》にも心を動かされなかったし、人気のある観光地を訪ねたいとも思わなかったけれど、この部屋の品を一つ一つながめていると、そっと手で触れ、慈しみたい強い衝動にかられる。心もとない、問いかけるような目で、リーザは、ゆるやかな曲線を描く壁を見つめていた……ひょっとして、わたし自身、伯爵邸のとらわれの姫君のように考えてるんじゃないかしら？　ここに連れてきた男から逃げ出す力が、本当になかったのかしら？

ドアをノックする音がして、はっともの思いから覚める。色の黒い若いメイドが、朝食のトレイを持って現れる。

「おはようございます。セニョリータ」ほほ笑みながら、メイドはすばやくリーザを観察する。屋敷中《イギリス人の婚約者》のうわさでもちきりなのだろう。リーザは、まるで盗みでも働いたみたいに、罪の意識を感じていた。

「朝食はベッドの中で召しあがります?」

もう一度ベッドに戻るのはおっくうだから、ベランダに通じる窓のそばのテーブルに置くように頼む。窓から差し込む太陽が乱れた金髪に戯れ、リーザをいっそう若々しく見せる。

「名前はなんて言うの?」

「リエンタと申します、セニョリータ。あなたの係りになるはずです。お食事がおすみになったら、身支度のお手伝いにまいります」

「お手伝いだなんて、そんなの要りません」びっくりして声をあげて笑いながら、リーザはゆで卵のふたを取る。「わたし、小間使いを使ったことがないし……」

「伯爵さまのご命令です」いやしくも伯爵の花嫁になろうという人が小間使いを使っていないと聞いて、リエンタはちょっとショックを受けたみたいだった。

「わたしには願ってもないお仕事なんです、セニョリータ。お願いです。小間使いはいらないなんておっしゃらないでください。伯爵は、わたしがお気に召さなかったとお思いになりますから」

「あら、個人的にどうこういうんじゃないのよ。わたしがイギリス人だってことはあなたも知ってるでしょ？　イギリスじゃ、もう小間使いを使っていないの。でも、あなたが仕事のことを心配しているんなら……分かったわ、リエンタ。伯爵がそうおっしゃってるのなら、傲慢《ごうまん》なご希望に従ったほうがよさそうね」

リーザはゆで卵を一口食べ、びっくりして目を見開いているリエンタを見て、はじめて、自分の言ったことに気づく。ちょっと慎みがないばかりか、多かれ少なかれ、伯爵の婚約者であることを自ら認めさせるような言いかただった。台所に引きさがろうとしている少女を、リーザは慌てて呼びとめる。

「何かほかにご用でしょうか、セニョリータ？」

リーザは言葉につまって、きらきら輝く黒い瞳を見つめるばかりだった……話さなければならないことがどうしても口に出せない。この大きな瞳に当惑の色が、そしておそらく軽蔑《けいべつ》の色が浮かんでくるのを見るのはしのびない。真っ青な空からさんさんと窓に降り注ぐ南国の太陽――リーザは自分に言い聞かせる。このお芝居も、ほんの二、三日でおしまいになるのよ、と。

「フロレンティーナに伝えてちょうだい。すばらしい朝食ですって」

「かしこまりました、セニョリータ」

古めかしいが、城の生活にはふさわしい昔ふうのお辞儀。

「わたくしどもは、伯爵さまの婚約者が心からくつろいでくださいますよう願っております」

リエンタの背でドアが閉まる。リーザはぎゅっと唇《くちびる》をかみしめながら、パンにバターをぬった。これで、とうとう、かかわり合いになってしまったわ。今から架空の婚約者の役をやらなければいけない。それでも、リーザはいくらか胸をなでおろしていた。イギリスの恋人同士に比べれば、スペイン人の恋人たちはとても控えめで、実際に結婚式がすむまでは、おおっぴらに人前で愛情を示しあったりしないはずだったから。

それに、伯爵の希望は、イギリス人の女性がただ城にとどまることでかなえられるはずだった。それだけで、祖母の伯爵夫人の攻撃から身をかわし、被後見人の美しい娘をあからさまに断って変な評判を立てずにすむ。リーザにとっても、残りの休暇を絵のように美しい城の客人として送れるわけだから。

食後のオレンジを口に運びながら、もう一度肖像画をながめる。何度見ても、レアンドロの黒い鋭い瞳も、くっきりと彫ったような高い鼻も、皮肉と情熱が入り混じった唇も、この肖像画には見当たらない。伯爵って、稲妻のような、炎のようなスペイン人なのね――一度会ったら決して忘れることのできないレアンドロの顔を思い浮かべながら、リーザはコーヒーを飲み干した。

リエンタが鳩《ドーヴ・スイート》の部屋にもどってきて、リーザは生まれてはじめて小間使いを使う身となった。自分のために用意された、目の覚めるような豪華な浴室から出てくると、リエンタが待ち受けていて、大きな柔らかいタオルでくるんでくれる。リーザのほっそりした白い肩に目をとめたリエンタにとまどいの色が浮かんだ。

「イギリス人はみんな、白百合《しらゆり》のような肌をしてるんですか？　男の人も同じように？」

リーザは思わず微笑を浮かべる。

「兄のボブなら、白百合のような肌だと言われるのはいやがるでしょうね。でも、男の人でも、あなたがたスペイン人のように赤銅色はしていないわ。そりゃあ、陽に焼けば少しは浅黒くなるけれど、すぐ色がさめてしまうの。イギリスじゃ、いつも太陽が輝いてる日ばかりじゃないのよ」

「山々の頂きのように寒いということですね？　セニョリータ、それで、スペインにお嫁にいらしたわけが分かりましたわ」

「あら、でも、まだ伯爵と結婚するって決まったわけじゃないのよ」頬を真っ赤に染めて、リーザは隣の寝室に急いだ。「わたし……ただ伯爵夫人にお目にかかりにここに来ただけですもの。伯爵夫人がお許しにならないかもしれないでしょ」

伯爵との関係が話題にのぼるときは、いつでも、もっと冷静でなければ。リーザはふいに気づく。とたんに手が小刻みに震えた。振り返ると、リエンタはリーザのスーツケースを開けて、取り出したばかりの普段着をながめて立っていた。綿のシャツと着替えのパンタロン・スーツ。たった一着しかない、白いピケのノースリーブのワンピース。

「ほかの荷物は後から着くんでしょう、セニョリータ？」

「えっ……ええ、もちろんよ」リーザはうそをついた。

「ブルーのシャツとクリーム色のパンタロンを取ってちょうだい。ドレスは今晩のためにとっておきたいから」

「はい、セニョリータ」しかし、リエンタは、パンタロンをはくのにあきらかに反対みたいだった。

「アナスタシアさまは、乗馬をなさるときだけ、ズボンをおはきになります。キュロット型のズボンですけど、それに短いジャケットを着て、ふちのある帽子をかぶって、それはチャーミングですわ」

リエンタはそう言ってリーザを見やった。屋敷中の者はもちろん、おそらく住民たちも、伯爵がアナスタシアというスペイン娘と結婚するようになるのを待っていたみたいに。

自分が間違った立場に置かれているのを強く意識して、一思いに何もかも話してしまおうと口を開こうとしたとたんに、強くドアをたたく音が聞こえた。リエンタはリーザの髪にブラシをあてている。リーザの鼓動がしだいに早くなり、パニック状態になる。レアンドロには会いたくない。危険な状態になる前に、このゲームは終わらせなければ。

「ドアを開けたほうがいいと思います。セニョリータ。伯爵さまかもしれません」

ドアの外にいるのは伯爵に決まっている。リーザは鏡の前に座ったまま身動き一つしない。リエンタがドアを開けに行く。昨夜の記憶そのままに、とても背の高い、堂々としたレアンドロの姿があった。白の開衿《かいきん》シャツに乗馬ズボンとブーツをはき、手にはむちを持って。

「おはよう。入ってもいいだろう？ もう着替えはすんでるようだから」

リーザはスツールから立ち上がる。レアンドロの目が真っすぐ肩までとかした髪に注がれているのを感じて、そっと片手を髪にあてながら。

「おはようございます、セニョール。すばらしい太陽ですわね！ スペインでは陽が昇るとすぐ暖かくなるのね。今でも、とまどってしまいますわ」

「確かにきみは、ちょっと……驚いてるようだね」

レアンドロはリエンタのほうを向いて微笑を浮かべると、婚約者と少し話したいことがあるので席をはずすようにと言った。リエンタがお辞儀をして、急いで出ていくと、レアンドロがドアを閉める。リーザの神経は、白い肌の下で羽毛が逆立つみたいにぴりぴりと震える。

「ぐっすり眠れたかね？」

レアンドロの目がリーザの顔から、大きなダブル・ベッドのほうにすべっていく。

「びっくりするほどよく眠りましたわ。気がかりなことがいっぱいあるというのに。きっと、疲れてたんですわ」

レアンドロは、音もなく、ずかずかと部屋の奥まで歩いてくる。陽の光を受けて、肌がマホガニー色に輝き、尊大さが自然に身についた優雅な動物みたいで、リーザの心は怪しく波立つ。気がつくと灰色の大きな瞳を、浅黒いハンサムな顔にくぎづけにしたまま、リーザはベランダの近くまであとずさりしていた。

「どうしたんだい？　怖いのかい？　二人きりになれば、きみに本ものの婚約者みたいに振る舞ってもらいたがっているとでも思ってるの？」

「セニョール。ラテン民族は、その……恋愛には非常に礼儀正しい国民だと聞いてますが。こうして二人きりでいても、ちっともかまいませんの？」

「きみの寝室で、という意味かい？」昼間の光の中でも、ほとんど真っ黒に見える瞳に、一瞬怪しい光が宿る。「スペインでは、きみの国で普通行われてるほどおおっぴらじゃないがね。娘を監督する役目の婦人も今では、ほとんどいないし。婚約者と二人きりで話したいときには、年配のご婦人が、カーテンの後ろ辺りに隠れていて、結婚の誓いを立てる前に、許婚《いいなずけ》の貞操を奪おうなんて、不埒《ふらち》な考えを起こさないように見張ってた時代もあった。一人で見知らぬ国をあちこちドライブできる国から来たお嬢さんには、正に暗黒の中世のように思えるだろうな」

「誰かほかの人と一緒だったら、わたしも今のような苦々しい立場に置かれなかったのに

――そうおっしゃりたいの？」

「これがそんなに苦々しいと言えるかな？」黒い眉《まゆ》をぐいっと上げて、むちの柄で部屋中をぐるっと示す。「きみは、この鳩の部屋が気に入らないの？　家具らしい家具もない、石灰塗料《ノロ》を塗っただけの安宿の部屋より、はるかに快適で、美しいとは思わないのかい？　朝食はまずかったかい？　若い小間使いにかしずかれるのはいい気分じゃなかったの？　いいかい！　もし、こうしたものの一つにさえ喜びが見つけられないと言うんなら、きみは、人間らしくもないし、正直でもないぞ」

「偶然巻き込まれてしまったぺてんでしょ、セニョール？　わたし、慣れてませんもの」

「それじゃ、ぺてんなんて言うのはよして、現実味を持たせようじゃないか」

レアンドロはむちをベッドの上にほうり出すと、片手を乗馬ズボンのポケットに突っ込み、小さな箱を取り出す。母親の肖像画をちらりと見やると、まるでとがめられでもしたみたいに、リーザの腕を取ってベランダに連れ出す。優雅な城壁にそって、一面に緑のビロードを敷きつめたような苔《こけ》の上に、陽光があふれんばかりに降り注いでいる。レアンドロの手からするりと身をかわすと、リーザはクリーム色の花のからまる鉄の欄干にもたれた。

「この花の名前を知ってる？」

リーザは首を振った。

「すてきな香りのするチェイスト・ジャスミンさ。母がカスティーリャの修道院から持ってきて、それ以来この城で毎年花をつける。不思議なくらい、この花は母のような女性の心を象徴している。母はたいそう美しい人で、家族は尼僧になるのに賛成じゃなかったが、それこそ母の望みだったんだね。でも、父との婚約が調い、式の日取りまで決まった。母は自立したイギリス娘じゃない。厳格で頑固な両親を持ったイベリアの娘だ。花嫁としてここにやってきたけれど、心は、聖心修道院に残してきたんだな。今は、また、そこにいる……」

「でも、あなたは……」リーザは感動の入り混じった驚きをこめて相手を見つめる。

「伯爵夫人とあなたしか、マルコス・レジェス家には残っていないっておっしゃいましたわ」

「そのとおりさ、セニョリータ。母は決してマルコス・レジェス家の人間じゃなかった。ぼくが成年に達してここを相続したときには、父はもう亡くなっていて、母は一人カスティーリャに帰って、また修道院に入ってしまった。今はそこで幸せに暮らしている。自分の信じるものに生命を捧《ささ》げながらね。だから、ぼくは時たましか母には会えないし、祖母とは、普通の場合よりかえって親しむようになってしまった。それに祖母は母のように優しい女じゃないからね。というより、たぶん、二人ともよく似ているんだ。プライドが高くて、気が短く、そのうえわがままだ。だから、人生上の大問題では何によらず衝突してしまう。それで、結婚となると、まず警戒してしまうんだね。ぼくは自分がどんな妻を欲しいか知っている。伯爵夫人は伯爵夫人で、ぼくにどんな妻が必要かよく知っていると思い込んでいる」

レアンドロはちょっと間をおいて、小さな四角の箱を開け、じっと中を見つめる。

「きみは愛のことをどんなふうに考えているの、セニョリータ？　まだ特定の男性と恋をしたことがなさそうに見えるけど、それでも、愛についていろいろ考えたことはあるだろう？」

「わたし……あんまり考えたことがないんです。今のところ、自分自身の道を探すのに精いっぱいで……スペインにやってきたのも、そのためですもの」

「スペインで働きたいと思ってるの？」

このとき、リーザは不意打ちをくらったみたいに、相手を見やった。彫りの深い、生き生きとした、探るような瞳がじっと自分に注がれている。愛に関するレアンドロの問いかけに、今になって、リーザは強いショックを受けていた。ああ、神さま――心の打ち震える真実の瞬間だった。男性の肉体的な魅力をこんなにも意識したことは今まで一度もなかった。高ぶる気持ちを抑えるために、リーザは現実の話題に切り替える。

「わたし、来週までにマドリッドへ行かなくてはなりませんの、セニョール。フランキスタさんが新しく開いた洋装店《サロン》で、なんとか働きたいのです」

「フランキスタ・バルデスに会ったことがあるのかい？」レアンドロは驚いたらしい。

「いつのこと？」

「フランキスタさんがイギリスの洋装店をのぞきにいらしたときです。わたしはロンドンでも指折りの婦人服店ネルソン・キングで働いていました」ショーのウェディング・ドレスを縫ったのがきっかけで、フランキスタの目にとまり、誘いを受けたことを話す。「それで自信がついて、マドリッドのお仕事をしてみようと決めたんです。この休暇は、だから、本当にスペインで働きたいのかどうか見きわめるため、自分の決心を確かめるためでもあるんです」

「それで心は決まったのかい？」

「ええ、新しい環境に身を置いて働けるなんて、大きな転機ですもの。もっともフランキスタさんの気持ちが変わっていなければの話ですけど。わたしには技術も才能もあるって、そのとき、言ってくださったんです」

「フランキスタを好きかい？」

そっけなく尋ねながらも、小さなきらめきが黒い瞳の奥にともったように、リーザには思えた。仕事の話に夢中なリーザをおもしろがったのか、何か個人的な感情のためなのかは、よく分からない。リーザは、印象的な椿《カメリア》色の肌のファッション・デザイナーを思い出す。手入れのゆき届いたつややかな髪。赤い唇をくっきりと際立たせる口の横の小さな黒いほくろ。洗練された大人の魅力にあふれるラテン系の絶世の美人。けれど、スペインではスキャンダルがつきまとっていた。ラテン人では数少ない離婚した女性なので。アルゼンチン生まれの南米人と結婚し、離婚法がそれほど厳しくないアルゼンチンで、離婚が認められたという。

レアンドロのきらめく瞳を見つめながら、リーザははっと胸をつかれる。昨夜レアンドロは、大人の女性と結婚したいと話していたけれど……フランキスタ・バルデスが相手なんじゃないかしら？ 伯爵夫人にはとうてい孫の嫁として認めるわけにはいかないだろう、あの美しい離婚した女性のことを。リーザは尋ねずにはいられなかった。

「フランキスタさんをご存じですの、セニョール？」

「ああ」しなやかに、音も立てずリーザのほうに近づきながら、ささやくように低い声で答える。「フランキスタ・バルデスとは知り合いだよ。ずいぶん高価な衣装のために、うちから生地を買ってもらっているんでね」

レアンドロはリーザの左手をがっちりつかんだ。「婚約者には金のブレスレットを贈るのがこの国のならわしなんだが、きみはイギリス人だから、母の形見の指輪を贈ろう。母がカスティーリャに帰るときにぼくに託したものだよ。母の実家はカスティーリャ王国時代から騎士なんだ。だから、この指輪は、花嫁の手から手へ何代も受け継がれた由緒ある品なんだよ……ああ、そんなふうに手を引っ込めないでくれ、セニョリータ。きみとぼくには、このゲームは決して本ものになりっこないことがはっきりしてるじゃないか。でも、きみがこの指輪をはめていてくれれば、祖母のマドレシータは、ぼくが本気だってことを納得してくれる」

レアンドロに手をつかまれて動かすことができないまま、リーザは相手の鋼のような手の感触と、左手の中指にはめられる金の指輪の肌ざわりを感じていた。

指輪の金台は、このスペイン人の性格のように複雑なデザインで、中央の濃い色のサファイアが、まるで生きもののように四方八方に、炎の色の矢を放ちながら美しく燃えている。

「こんなこと、いけないわ！　神さまを冒涜《ぼうとく》することになりますもの」

「気に入らないのかい？」骨まで砕けそうなほど強くリーザの肩をつかむ。「冒涜だなんて、どうしてそんな言葉を使うんだい？」

「これは愛の証《あかし》の指輪よ！」リーザが指輪をもぎとろうとする。が、それより早くレアンドロはリーザの右手をつかんでいた。「セニョール、手を放してください。お願いよ」

「だだっ子みたいなことを言うもんじゃない」

そっけない口調だった。

「まるで火傷《やけど》したみたいだぞ。ただの指輪なのに。ぼくの大好きな、誇り高い、頑固な老婦人を納得させるためのしるしにすぎないのに。祖母がマドリッドの新聞に被後見人の娘との結婚を発表しようと、いろいろ画策してるのは分かってるんだ。きみがここにいて、この指輪をはめていてくれさえしたら、祖母は発表を思いとどまるだろう。ぼくがこの結婚を拒んでも受け入れても、アナ——アナスタシアは傷ついてしまう。ぼくが受け入れなければ、公衆の面前で平手打ちをくらわせられるようなものだし、承知すれば、二人とも本当の幸せを知らずじまいになることは確かだもの」

レアンドロはリーザをじっと見下ろす。

「結婚がうまくいくためにはね、シンパティア《好き》という気持ち——これは幸福感以上の意味を持つ不思議な喜びの感覚だが、おおむね、どこか子どもっぽい感情なんだ——それだけじゃなくて、いつも一緒にいたいというやむにやまれぬ強い衝動がなくっちゃいけない。もし、こんな気持ちがなければ、男にとって結婚は時間の浪費だよ。むしろ、情事を重ねながら、エネルギーの大部分を仕事に費やせるように、自由でいたほうがいい。さっき、きみに聞いただろう。今まで愛についてどのように考えてきたかって……もう一度尋ねよう、セニョリータ。きみの答えは、きみ自身に、説明してくれるだろうから。ぼくが説明しようとしていることをね。ぼくはアナが好きだ。とても愛きょうのあるかわいい子だ。ぼくがこう言えば、きみには、死ぬまでぼくがアナを愛し続けてるみたいに聞こえるかい？」

リーザは首を振るしかなかった。

「伯爵夫人に説明なさったら、きっと……」

「マドレシータの考えているのは、死ぬまでにぼくの子を自分の両腕で抱くことだけさ。アナは若くて、健康で、美しい。古い伝統で育った祖母は、男はそれで充分だと考えている。もし愚かなロマンスが欲しければ、家庭の外に求めればいいって。でも家庭は家の礎《いしずえ》を築くもので、祖母の言葉によれば、ぼくにはマルコス・レジェス一族をどんどん増やし、もう一度城の共同体を強く伸ばしていく義務があるってわけさ」

「それで、あなたは、そうはお望みにならないの？」

「待ってくれよ。ぼくは伝統にとらわれない自由なスペイン人のつもりだよ、セニョリータ。ぼくは自分の手で喜びをつかみたい……子どものころ、喜びで輝く母の目を見たことが一度もなかった。母は冷たい女でも、現実の愛を勝ちとれないほど聖女気どりでもなかった。ただ、祖母がアナをぼくにめとらせたいと思っているのと同じ理由で、一人の男と結婚してしまった。リーザ・ハーディング、きみは、心の結びつきというより肉体だけを求められる妻になりたいかい？」

「とんでもない……」激しく首を振る。「いやだわ、そんなの」

「それこそ、きみの愛に対する考えかたであって、同時に愛そのものの姿だと思うね」

「わたしも、そう思います」そっと目を伏せ、じっと自分を見つめるレアンドロのまなざしを避ける。「《きみの言葉はわたしの料理、きみの涙はわたしのワイン》って言いますでしょ。そう感じられるときこそ、愛と呼べるのだと思いますわ」

「飢餓感があって、ちょっぴり残酷な気持ち。そうだろう?」

「ええ……愛って、本質的に残酷な面があるみたい。わたし……ただ優しい感情だけで、愛を考えることはできないの。愛の営みは、決して優しい仕種《しぐさ》じゃないでしょう?」

「男と愛し合ったことがあるのか?」

鋭いやいばのような口調だった。リーザはびっくりして相手を見つめる。

「いいえ! とんでもない! でも、わたしはもう、おとぎ話を信じる無邪気な子どもじゃありませんわ、セニョール。熱烈な恋の話だって聞いたことがあります。わたし、赤ん坊はいちご畑で拾ってくるものじゃないってことくらい、よく知ってましてよ」

レアンドロは口もとに微笑を浮かべながら、リーザの手を取り、サファイアの指輪をじっとながめた。

「どうやら納得してもらえたようだね。この指輪をはめて、ドン・キホーテのように冒険に乗り出してくれることに」

「でも、確信がおありになるの、セニョール? お祖母さまに、わたしたちがイギリスで知り合ったと納得していただけるって。このわたしが、あなたの心はともかく、興味を引くタイプだって信じてくださるかしら?」

レアンドロはリーザを頭から足の爪先まで観察する。

「きみはラテン系の娘とはまったく違う。その違いがぼくを引きつけたとマドレシータは思うだろう。それより、ぼくにとってもっと大切なことは、きみという人間がいるという《事実》なんだよ。きみを見れば、祖母だって、小さな罠《わな》をしかけてアナをぼくに無理に押しつけようとするのをやめるだろう。そうなれば、きみと別れても、もう実害を及ぼすことはできない。きみがいなくても、しばらくは一人で芝居を続ければいいんだから」

「しばらくはっておっしゃったけど」怒りに燃えてリーザはレアンドロをにらみつける。

「待ってるって……つまり、お祖母さまの……」

「とんでもない！」今度はレアンドロが怒ってにらみつける番だった。

「健康に注意して、とくに激しいショックさえ受けなければ、マドレシータはあと十年は生きられる。そうではなくて、ぼくが考えていたのは、アナとぼくの友達の間にごく自然に芽生えてくるに違いない感情のことさ。アナがきみに会えば、ぼくが妻にする気持ちのないことがアナにも分かる。言葉も説明も要らない。ラテン系の娘は、女はいつか結婚しなければならないものとして育てられる。そしてあの娘にとっては、長い間このぼくが、一番近い異性だった。あの娘の両親が列車事故で亡くなり、祖母がここに連れてきて手もとで育てて以来ずっとね。祖母はアナの母親の名づけ親だったから。分かるだろう？」

リーザは大きくうなずく。感じやすい少女が、成長するとともに、ハンサムな伯爵にどんなにロマンチックな思いを育んできたかはよく分かる。

「あなたの作りだした婚約者の名前を一度も口にお出しになったことはないの？　容姿はどう？　なぜ恋をした場所にイギリスを選んだの？」

「まず、後の質問から答えよう」皮肉っぽい目でリーザをじっと見下ろす。

「常識的には、スペイン人の恋人を作るのが普通だろうがね、なにしろマドレシータには、マドリッドをはじめ、あちこちの町に友達が大勢いる。祖母は恋人の家族の名はもちろん、どんな小さなところでも聞きたがるに違いない。もし、イギリスで出会ったんだと言えば、祖母の勢力も及ばないだろう……」

「名前については、何も問題はない。ぼくはいつもボニータと呼んでたし。《かわいい》という意味で、スペインでは愛称のほうを好んで使うんでね。さあ、これでいいかい、セニョリータ？　男性を一人、困難な立場から救い出す手助けができると思えば、いい気持ちだろう？　このぺてんにはちゃんと埋め合わせがあるし、誰も傷つけはしない。アナはロマンチックな娘だが、ぼくに恋をしているわけじゃない。マドレシータはぼくが自分の義務を果たすことだけ考えているし……そしてリーザ、きみはマドリッドで働くまで、人生の休暇を楽しめる。そんなにその仕事が気に入ってるのなら、トラブルが起こらないよう、ぼくがあっせんしてもいい……前にも言ったように、フランキスタはぼくの友人だから」

　相手がその名をゆっくりと強調するように言ったことにリーザは気づく。ふいに無関心を装うように、レアンドロはリーザの手を放し、ベランダの手すりに手をかけて庭園を見下ろした。

「きみの兄さんは、スペインで働くのを認めてるの？」

「兄には関係のないことですわ」軽やかな笑い声。

「わたしは自由ですもの。確かに兄はいつもわたしを見守ってくれましたけど、わたしはもう大人です。兄と離れて、自分自身の人生を打ちたてるときなんですから」

「それで、今でもスペインで働きたいと思っているのかい？」

「ええ。暖かくて、活気があって。それに、スペイン人もとても魅力的ですし……」

「本当かい？」リーザのほうに向きなおる。黒い鉄と褐色の石の欄干を背にしたがっちりと広い肩。真っ白なシャツからのぞく赤銅色の肌。完璧《かんぺき》な肉体美をそなえたたくましい男性。

「スペインではね、セニョリータ、イギリス人はぼくらのことを複雑で多彩だと考えてると思われているんだよ。ぼくらの子どもへの優しさを見ては、残酷なうわさを思い起こし、目には魔性を宿らせているくせに、聖人が大勢いることにびっくり仰天するんだから」

　リーザは振り返ってレアンドロを見つめる。ふいに胸が早鐘を打つ。レアンドロの微笑には、愛撫《あいぶ》と残酷があった。レアンドロのことはほとんど何も知らず、どんなタイプの男性なのかも、いまだにはっきりしない。リーザは、ためらいがちに、不安な気持ちのまま立ち尽くしていた。微笑がレアンドロの口もとに広がる。

「スペインがきみを魔法にかけるんじゃないかって、そんなに心配しなくていいさ。魔法の恍惚《こうこつ》には、常に恐怖のやいばが伴うからね。ぼくらスペイン人は、この現実主義の世界に残された唯一のロマンチックな国民だって、聞いたことはないかい？」

「闘牛がロマンチックだなんて、とても思えませんけど」

「たぶん、そうだろうね」伯爵の目はリーザのきゃしゃな体をくまなくながめる。

「あれは決闘の一つなんだが、いろんな点で、男と女の間の基本的な要素をすべて備えている。雄牛は男性のエネルギーにあふれた雄々しさで、ケープは女性の優雅な誘いなんだ。剣そのものはセックスの鋭い一突きだ。でも、たぶん、イギリスのお嬢さんに、こんなふうに話しちゃいけないんだろうね？　イギリス人は進歩的な考えかたを持ってるって言われるけれど、スペイン人から見ればまだ不思議なくらいピューリタンだもの。もっとも、スペインの若者たちがいくら情熱的であっても、若くてかわいい観光客のいろんな要求には、とても手が回りかねるくらいだそうだがね。スペイン人も、スペインの若者は自分の国の娘のために身を慎んでほしいと願っているんだが」

「まさか！」リーザはついに吹き出してしまう。「あなたってほんとに傲慢なかたね、伯爵さま。そんなことをおっしゃって、ご自分もスペインのかたと結ばれるんじゃないってことを、見せびらかそうとなさってるのよ――もちろん、本当はそうじゃないってことは、わたしたち二人にはよく分かってますけど」

レアンドロは、その言葉に眉をしかめる。まつげがきらめく瞳の周りに危険な陰を作った。

「それはどういう意味だい？　ぼくの未来の計画について、きみは何を知っている？」

「わたしだってそれほど間抜けじゃないわ、セニョール。あなたが別の女性のかたを隠すために、わたしを盾《たて》に使おうとなさってらっしゃるくらい、はっきり分かりますわ――本当に結婚したい女のかたを、お祖母さまがお認めにならないだろうって心配なものだから……」

「やはりね」レアンドロが口をはさむ。「きみは見かけどおり、小さな魔女なんだね！　ぼくのジレンマの秘密をずばっと言い当てるなんて……それで、どうするつもりだ？　指輪を投げ返すのかい？　ミス・ハーディング、きみは情がこまやかだから、いくらか専制的ではあるにしても、年老いたチャーミングな女性を故意に傷つけることなんて、とてもできないと信じているんだけど」

「あなたって……フェアじゃないわ。そのジレンマだって、もとはみんなあなたのせいで、わたしには関係ないわ。まずお祖母さまに本当のことをおっしゃるべきよ……お祖母さまだって、あなたが離婚した女のかたと恋愛なさったところで、たいして気にかけたりなさらないかもしれないし……」

とたんに、しゅっと音をさせてレアンドロが息を吸い込む。リーザはびっくりして話をやめた。灰色のリーザの目を憎々しげににらみつけるレアンドロの反応におびえて、リーザもまた相手をまじまじと見返す。しばらくの間、レアンドロの顔は、冷ややかな恐ろしい仮面そのものだった。やがて、皮肉っぽく両手を広げて肩をすぼめると、冷たい、感情のない声で言った。

「祖母は決してぼくを許さないだろう。それに、祖母の心に打撃を与えるぼく自身だって許せない。あと十年は生きてほしいと思うのは、ごく自然な願いだからね……ぼくに残された家族は祖母しかいない。しかも、急なショックが一番悪いって警告されてもいる。セニョリータ、ぼくのジレンマが現実のものになれば、きみは満足なのかい？　ぼくが婚約者を創作したのも、祖母の心臓発作が起きたときだった。なんとかして祖母の気持ちを落ち着かせようとしてね。分かるだろう？　確かに、きみが言うとおり、うそにはかならずゆりもどしがある。だけど、この場合は真実を口にすることは不可能なんだよ」

「それは……よく分かります。でも、もしあなたのうそが……ああ、よくご存じのくせに！　わたしがここであなたの偽の婚約者の役を演じているとお聞きになったら、いったい、あなたの愛してらっしゃるかたは、なんておっしゃるかしら？」

レアンドロはひどく皮肉な微笑で答える。

「きみ自身恋をすれば、その問いの答えははっきり分かるさ。オペラの『カルメン』を見たことがあるかい?」

「ええ、一度ね。どうして?」

「あのオペラは、ラテン人の恋愛につきまとう悲喜劇的要素を説明しているだろう? ぼくはただ祈るのみさ、セニョリータ。きみも、ぼくのカルメンも、ぼくにナイフを突き刺さないようにってね」

なにげなく話してはいるが、暗く厳しい目の色で、リーザにははっきり分かった。心から愛し、求めている女性を祖母に紹介できないレアンドロの不幸が。いったい、このジレンマに解決の道があるのだろうか? レアンドロとフランキスタは、結婚できるようになるまで、何年も待ち続けるつもりかしら? 二人はもう愛人関係にあるのだろうか? きっと、そうに違いない! とたんに、愛人同士のこまごまとした仕種までまざまざと心に浮かび上がって、リーザは思わず背中に回した両手をきつく握り合わせる。サファイアが右の手に深く食い込み、刺すように痛い。まるで、突然、心臓にナイフを突き刺されたみたいな感じだった。

「いつ」小さな声だった。「伯爵夫人にお目にかかるんでしょう?」

「今日、遅くなってからだろうね」黒い瞳が、青ざめたリーザの顔にくぎづけになる。

「祖母はいつも、午前中は自分の部屋だ。たまに昼食に現れることもあるけれど、人に会うのは、たいてい四時以降だよ。きみは青くなって、おびえているみたいだけれど、ばかげてるよ——祖母は龍《ドラゴン》じゃないもの。孫のぼくとは違う」

リーザはかすかにほほ笑む。

「お祖母さまは、わたしのことをどうお思いになるかしら?」

「きみは若くて、チャーミングで、ちょっと恥ずかしがり屋だって思うさ」

「もし……わたし一人だけで会いたいっておっしゃったら?」

「心配はいらない。ぼくが一緒にいて、どんな具合の悪い質問でも、見事にさばいてあげるからね。安心したかい、リーザ?」

「どうかしら……お庭を散歩してもいい、セニョール? どうにも落ち着かなくて、運動したいんです」

「もちろん、いいとも。でも、今一つだけ——なんとかぼくのことをレアンドロと呼んでくれるとありがたいんだが。マドレシータはちょっとした証拠を——つまり、ぼくらが愛し合ってるって証拠を期待しているはずだからね」

聞いたとたんに心臓がひっくり返ったみたいになって、リーザは自分が巻き込まれた仮装芝居の悩ましい情景を心に思い浮かべる。「まさか……キスのデモンストレーションなんて、そんなこと、ないでしょうね?」

「さあ、どうかな」

レアンドロはラテン人らしく大げさに肩をすぼめる。黒い眉をぐいっと上げると、悪魔の顔になった。「この瞬間から、お互い、今まで一度もやったことのないゲームのパートナーだもの。今のところ、どんな運びになっていくか、まったく予想はつかないな」

リーザはぎゅっと唇をかみしめる。レアンドロがさっとそばに近づいてきて、リーザの握り合わせた手をほどき、軽く握ったまま、ゆっくりと言った。

「何ごとが起ころうとも、このゲームは、絶対に結婚までは行き着きゃしないさ」

3

散歩道は水辺にあった。水面《みなも》に反射する陽光がちらちらと緑の糸杉に、ブーゲンビリアの滝のように見える花房に、躍っている。傍らには、しなやかに歩む、真っすぐ背を伸ばした偽の婚約者。

レアンドロはいろんな花や草を指さしては、その名前を教えてくれる。強烈なまでの、すばらしい花々の饗宴《きょうえん》に、リーザは喜びで胸がうずくほどだった。何千もの花々の香りに、頭までぼうっとなってしまう。

とても庭なんてものじゃなくて、小公園と言っていいくらい広い。何十年も、何百年も、代々の女あるじが好みの花々を加えていって、はじめてこの色彩と魅惑の幻想の世界が実現したのだった。

「これが、マハ・ムヘール」

レアンドロがとりわけ珍しい植物を指さす——鮮やかな色のいらくさの一種だが、触っちゃだめだよ。手が焼けるように痛むから——マハ・ムヘールとは《悪い女》という意味だった。

「先祖にブラジルから嫁いできた人がいてね、その人が持ってきたんだが、この花そっくりの人柄だったと言われている。見ていると生き生きして愛らしいんだが、かっとなると熱湯のような言葉で相手を飛び上がらせたらしい。マルコス・レジェス家の花嫁は、かならずしも母みたいにおとなしかったわけじゃない。母は、あるいは、優しすぎたのかもしれないな」

「じゃ、あなたはお祖母《ばあ》さま似なの？」

レアンドロがぱっと振り向く。リーザは目をそらして、見事な小さなばらの茂みに戯れる蝶の姿を追う。

「まあ、たいへん！　ばらのとげで羽を裂かなければいいんだけど」

「残念ながら、エル・セラフィンの庭ではときどき起きることなんだよ」レアンドロの言葉には二重の意味がこもっていた。

「この庭は人生そのものでね。羽を裂くとげも、肌を刺す蜂の針も、空の青さに見とれる足もとにつまずきの石もある。ぼくらはいずれ打ちのめされるんだよ、人生の強敵に出会ったときに」

二人はばらの生垣《いけがき》を後に、庭の中心の小さな中庭《パテイオ》に歩み入った。敷きつめたタイルが陽光にきらめき、石のベンチも陽光を吸って暖かだった。中央に四つの季節を象徴する四人の女神の彫像で飾った泉があった。

一つの女神像がリーザを見つめ、なかば開いた唇《くちびる》から蜘蛛《くも》を吐き出す。思わずあとずさりしたリーザは、レアンドロにぶつかってしまう。レアンドロがリーザの肩に両手を置いた。リーザの全身を走り抜けた戦慄《せんりつ》は、かならずしも黒い蜘蛛のせいばかりではなかった。

「きみはこの場所がきらいかい？」

リーザは中庭を見回し、一人で来なくてよかったと思う。神秘な、何かが漂っている。四人の女神像だけが見ていた、遠い日の絶望だろうか？

「思ったとおり、きみは雰囲気に敏感だね。実はここなんだよ、ブラジルから嫁いできた女の人が毒を飲んだのは――夫に、夫の弟との姦通《かんつう》を見つかってしまってね……。そのころのスペインでは、貞節に重大な意味があった。妻は純潔の天使そのものでなくてはならず、不貞を働いた妻を見つけた夫は、たとえ妻の命を奪おうとも、法の裁きを受けはしない。でも、ラウリータは、あまりにも誇り高く、あまりにも情熱的で、あまりにも勝気だったから、夫の与える罰に屈従することなんて耐えられなかった。だから、ここに来て、夏の夜の闇の中で、ただ独り死んでいったんだね……。

ラウリータは気性の激しさと、お仕着せの結婚への反抗心を、マルコス・レジェスの家系に残していた。だからね、セニョリータ、ぼくもきっとその血を引いているんだよ。ラウリータは中南米を征服したスペイン人、つまりコンキスタドールとインカの王女の間に生まれた人物に始まる家系の裔《すえ》だと言われている。城に肖像画があるんだが、すばらしい美人だよ……。

でも、一度も本当の幸福を味わったことがなかったために、きつい性格の人になってしまった。ほかの男を求めたのも、何よりも慰めが欲しかったんだと思う。ここに漂っているのはラウリータの苦悩なんだよ。失ったものへのあこがれ、決して実現しなかった少女時代のロマンスへの夢……ラウリータはやがて文字どおりマハ・ムヘール——悪い女になったけれど、原因は結婚だったと思う……。

親の決めた結婚から悲劇的な反抗に走った花嫁が、いったいどれくらいこのスペインにはいたことだろう？　ずいぶん年上の男のもとに嫁がされた少女だって珍しくないんだよ。修道院や学校から真っすぐ連れてこられて、同じ年ごろの若者の口説《くど》きを一度も味わったこともなく、見も知らぬ男に献身的につかえ、愛しぬく妻にならなくちゃいけない。きっと、ラウリータは、しょっちゅうこの中庭に来て、考え込んでいたんだと思うよ……。

でも、母はそうしなかった。ただ、みんなは母のことを孤独の人《ラ・ソレダット》と呼んでいたよ。結婚という冒険は、ぼくの家系のものにとっては、あまり幸福な結果をもたらしたとは言えない。だからね、セニョリータ、ぼくはもう一人の若い娘を、愛されない花嫁にしたくはないんだよ」

レアンドロはぐいっとリーザを自分のほうに向かせる。

「これで、ぼくらも少しは、互いに理解し合えただろう？　なぜ、ぼくが、たまたま出会ったきみを利用しないではいられなかったか、その理由が。きみは、ぼくが頭ででっちあげた婚約者にそっくりだった。ぼくのために、アナのために、そして未来のぼくの息子のためにもね。悲しい目をした母親を、息子に与えたくはないもの……たぶん、ぼくらがイギリスにいるんなら、こういう状況は持ち上がらなかったかもしれない。しかし、ここはスペインだからね、プライドも感情も激しい。きみの協力へのお礼に、きみの一番欲しいものをあげるって約束したね？　新車でも、新しい衣装一そろえでも……」

レアンドロは目を細めてしげしげとリーザを観察する。

「どうも、きみのパンタロン姿しか見てないようだな。ドレスは持ってないの？　マドレシータは古風だから、娘らしい娘が好きなんだけど」

「休暇でドライブ旅行をしてるんですもの、普段着しか持ってませんわ、セニョール」リーザはちょっぴり赤くなった。

「少年みたいに見えるってお思いなら申しわけないんだけど、でもパンタロンのほうがドライブには便利ですもの」

「確かに便利だろうが、女らしい脚が見えるドレスのほうが魅力的だな。だって、美しい手足を持っているのは、女性の大きな利点だもの……いや、なんとかなりそうだぞ。一緒に来てくれるなら、きみが目を輝かすような品物を見せてあげよう。きっと役に立つから——きみが少年みたいに見えるなんて、一度も考えたことはないよ！」

レアンドロはリーザを連れて、急いで庭を出ると、城の外側を回り、とあるアーチをくぐると、鉄の螺旋《らせん》階段を塔に向かって上っていく。

「どこに行くの？」

リーザはあえぐように尋ねる。まるで青ひげ公の部屋に連れ込まれるみたいに。レアンドロは独り笑いをもらす。まるでリーザの心を読みとったように。

「まあ、待ちなさい。何もぼくが、誰もいない城の塔で、きみを犯そうとしているなんて考えなくていいから——きみが処女だってことの証拠にはなるけどね、そんなに子どもっぽいことを考えるなんて」

「でも、絶対安全なくらい子どもじゃありませんわ！」

二人は塔の扉の前に立つ。輪のついた取っ手を回して、レアンドロが扉を開く。何もない部屋を想像していたのに、あふれんばかりに物が詰まっているので、リーザは目をまんまるくする。

「城には屋根裏部屋がないものでね。来たまえ！」

レアンドロはにやりと笑って、リーザの手を引っぱり、柩《ひつぎ》そっくりの形のトランクの前に連れていった。

「きみはお針子だって言ったね？　よろしい、セニョリータ、これで何ができるか、見てみたまえ」

レアンドロはトランクのふたを開き、両手いっぱいにリーザが見たこともないような豪華な布地を抱えだす――絹、金襴《きんらん》、ビロードの山だった。リーザはファッション店で働いていたから、高価な布地は扱い慣れていたはずだけれど、伯爵の腕から垂れている翡翠《ひすい》色の絹に触ったとたん、このすばらしい布地に形を与え、柔らかに自分の肌にまつわりつくのを感じてみたいという衝動につき動かされた。大好きな布地だったけれど、働く女性の給料では、絶対に手の出ない高級品だった。

「うちの工場のサンプルでね、製品部長がエル・セラフィンに来るたびに持ってきては、マドレシータに見せたものなんだ。祖母はまだビジネスにも関心を失っていないからね……アナがときどきドレスに仕立てるんだけれど、ラテン娘の黒髪に似合うのは赤だからね。ほかの色のものはこうやって古いトランクに眠ってたわけさ。でも、きみはブロンドだし、灰色の瞳《ひとみ》だから、どんな色でも似合うはずだよ。さあ、取りたまえ！」

レアンドロは絹の布地をリーザに押しつける。

「祖母のおつきをしてるドニャ・マヌエラが喜んでミシンを貸してくれるし、寸法をとったりカットしたりも手伝ってくれるさ。そうすれば、午後の軽い食事にも夜のディナーにも、パンタロンをはいている言いわけをしなくてすむ。どちらにもマドレシータが出るからね」

まだ夢心地で、とても本当とは思えない。絹やビロードを腕に抱いていると、いろんなデザインがどっと押しよせてきて、ぼうっとなってしまう。まるで、レアンドロにスペインのワインを無理じいされたみたいな気分だった。

「どうやら気に入ったらしいね？」

「すばらしいわ。どうしてお礼をしたらいいか……」

「ちゃんと、あてにしてるよ」

「まあ？　あの、分かりませんわ……この服地はひも、つきなんですの？」

「よく分かってるじゃないか。祖母にぼくらのことを露ほども疑われたくないんだよ。もしきみが……きみの役をうまく演じてくれたら、ぼくの感謝はこんな服地くらいのものじゃないぞ」

「あなたって……まるで、わたしを、お金目当ての女みたいにおっしゃるのね。でも、そうじゃないことは、あなただってご存じのはずよ、セニョール。ここに一晩泊めていただいたおかげで、わたしは好むと好まざるとにかかわらず、陰謀に巻き込まれてしまったんですもの。もううわさは伯爵夫人の耳に届いていますわ――あなたが……婚約者を連れてらしたって」

まるでリーザの言葉に応じるように、男の召し使いが戸口に現れ、すぐ顔を見せなさいという伯爵夫人の言葉をレアンドロに伝える。召し使いが行ってしまうと、レアンドロがからかうような口調で話しかける。

「そんなにおびえなくてもいい。でも、きみのために時間をかせぐことにしよう——何と言っても、未来の義理の孫娘として伯爵夫人にお目どおりするんだからね。来たまえ。きみの部屋まで送っていこう。ドレスのデザインでも始めれば、きっと気持ちも落ち着くさ」

確かに、一人では帰れないほど城は広い。やっと自分の部屋の前まで来て、ドアを開けてくれたレアンドロのわきをすりぬけようとしてぶつかってしまい、はっとして相手を見上げる。

「なんてこった！　マドレシータの前で、今みたいな目でぼくを見たら許さないぞ。マドレシータは目も鋭いし、勘は年とっても少しも衰えていないんだからな。なにも愛のために気も遠くなりそうな目で見てくれとは言わないが、逆に、恐怖のために気も遠くなりそうな目でも見てほしくないな。たとえ伯爵夫人にいんちきを見破られたとしても、マドレシータはきみに百たたきの刑を申し渡したりはしない。うちの家系にはコンキスタドールはいても、魔女裁判の審問官はいないんだからね」

そう言ってのけると、皮肉に軽く頭をさげて、レアンドロは回れ右をすると大またに歩み去った。リーザはドアを閉めると、急いでベッドに歩みよって、豪華な服地を投げ出す。

いくら楽しい仕事でも、今すぐとりかかるのは無理だった、まず気持ちを静めなくては。リーザはベランダに出て、籐椅子《とういす》に体を沈めた。

いったい、どうしてこんなことになってしまったのかしら？

昨日の今ごろは、まだ、自由で幸せな観光客だったのに。あの小型車だって、寂しい山道でえんこするそぶりさえなかったのに……。

偽の婚約者のゲーム。フランキスタとわたしを心の中で比べて楽しんでいるのかもしれないレアンドロ。いったい、義姉のオードリは、こんな事態をどう思うかしら！

リーザがやっと気を取り直して、お茶の用意ができているかどうかを見に、もう一度庭に下りてみようと思ったのは、もう十一時近いころだった。ありがたいことに、紅茶とお菓子をのせたトレイを運んでいくメイドの姿が見えた。

椿《つばき》の木陰にセットしたテーブルに、本を手に、若い、もの静かな娘の姿が見える。リーザは歩みよって朝のあいさつをした。娘は、絹のような黒髪に包まれた、まるい、かわいらしい顔で、ちらとリーザを見上げてあいさつを返すと、遠慮がちな口調で付け加えた。

「伯爵さまのイギリス人の婚約者にお目にかかれてうれしゅうございます。わたくしたちみんな、あなたが本当にいらっしゃるのかどうか疑ってましたのよ。実際どんなかたかよく分からなくて。レアンドロったら、あなたのことをくわしく話してくれないものですから。あの……エル・セラフィンが気に入ってくださるよう心から願っています。今が一年中で一番すてきなときですの。太陽が暖かで、焼けつくほど暑くはないし。あの……よろしければ、お茶をご一緒なさいません？　わたくし、クリーム・ケーキには目がなくって。フロレンティーナのように太ってしまうってマドレシータには注意されるんですけど」

リーザは微笑を浮かべて、テーブルとマッチした白い椅子に腰を下ろす。

「あなたがアナね。おうわさはうかがってました。その……レアンドロから。とてもきれいなかただって。それに、ほんとのことを言えば、わたし、こんなにやせっぽちじゃなくて、もう少し太りたいと思ってますの」

「とてもすらっとしてらっしゃるのね」アナはちょっぴりうらやましそうなため息をもらす。が、テーブルの上の、見るからにおいしそうなケーキの皿を見ると、思わずにっこり笑ってしまう。

「むだね。たとえ太っても、フロレンティーナのケーキには逆らえないわ。あなたも、一つか、二つ、ぜひ味わってくださいな」

「いただくわ」

リーザはクリームとナッツ入りのペストリーを一切れ取ったが、紅茶のほうが待ち遠しかった。紅茶がつがれるとすぐ、いっきに飲み干す。白い花をいっぱいつけた椿の大枝から差し込む陽光が、銀のティー・ポットにきらきら反射し、アナの髪に小さな青い光が戯れる。白いドレスにつつまれた娘の清楚《せいそ》な美しさを見ると、伯爵夫人がアナをレアンドロと婚約させたがる気持ちも、なんとかこの娘を傷つけずにおきたいというレアンドロの気持ちも、リーザには理解できた。

アナスタシアはすてきな娘だが、レアンドロのような鷹《たか》の好みにはほど遠い、鳩《はと》のような性格だった。決して戦いをいどむことはないし、どのように扱われようと反対する勇気もない。いつも、かならず服従し、火が必要なときにさえ蜜の甘さで答えるに違いない。

そのときだった。リーザが見せかけの婚約者という不愉快な立場を受け入れたのは。リーザは椅子にゆったりと腰かけ、太陽の光と影の戯れをながめながら言った。

「お願い。わたしたちお友達になれたらって、心から思いますの」

「でも、わたしがあなたをきらうんじゃないかって心配してらっしゃる――あなたはレアンドロに選ばれたかたですもの。とても幸せな気持ちに違いないわ」

「ぼうっとしてるの」ユーモアのセンスに負けてにっこりほほ笑みながら、それでもアナがまじめに受け取ってくれるように気をくばる。

「ほんとにおいしいケーキね……もう一杯紅茶をいただいていいかしら？　この陽《ひ》ざしでは、すぐ喉《のど》が渇くのよ」

「スペインに住むのはお好きになれそうかしら？」

リーザが本当のことを答えられるただ一つの質問だった。もしフランキスタの気が変わっていなかったら、このままスペインにとどまりたかったので。

「あなたのお国を大好きになると思いますわ。まるで黄金のようなんですもの……街なかはこれほどではないにしても、少なくともここはそう。あなたは何年かエル・セラフィンにお住みだって聞いてますけど、お城に暮らせるなんて、なんてすばらしいんでしょう!」

「あなたも、これからお城にお住みになるのよ」アナはもう一つペストリーを取ると、長い絹のようなまつげ越しにリーザを見上げる。

「わたしがここにいてもかまいません? ご存じでしょうけど、わたし、どこにも行くところがありませんし、マドレシータも大好きなんですもの。とてもよくしてくだすって。それにレアンドロも――ほんとの兄みたいに」

「あなたがここにいてくださるのは、わたしも、とてもうれしいのよ」リーザは慌てて言った。

「ほんとのお友達になっていただけるわね。そうなれば、この地方の名所や旧跡も案内してもらえるし」

「でも、あなたには、そのためにレアンドロがいるでしょう」

目を見開いてリーザを見る。まるで脱落者のようにちょっぴり絶望の響きをこめて。

「このお城はレアンドロの誇りでもあり、喜びでもあるんですもの。あらゆる草木が植わってる広い土地があって、以前に一度観光客に見せてほしいって話もあったんですけど、エル・セラフィンは個人の所有物だからって断ったくらいなの。観光客にしても、自分の庭をあちこち踏み荒らされるのが好きな人はいないだろうって」アナの目にかすかに微笑がちらつく。

「レアンドロは何一つ恐れはしないわ――ただ一つ、マドレシータが傷つくことは別ですけど」

「大勢の知らない人に庭園を公開するのに反対する気持ちはよく分かります。それに、伯爵夫人に対するレアンドロの気持ちも理解できます。レアンドロの人間らしい、温かい側面ですもの」

「もちろん、レアンドロのそういうところはよくご存じでしょ。人生のパートナーに選ばれたかたなんですもの。とても大切な役割で、大勢の女性が望んでたものなの……」

アナはふっと黙り込んで、大きな蝶ぐらいの、色鮮やかなはち鳥に気をとられたふりをしている。リーザはアナの心を垣間見《かいま み》たように思った。この娘はレアンドロが愛してくれるようになるのを願っていたのだろう。それなのにレアンドロは親切な心遣いを見せる兄のような立場だけを望み、自分の美貌《びぼう》や優しさにロマンチックな思いを抱いていないという事実を、優雅に受け入れなければならないのだから。けれども、真実を話すわけにはいかなかった。リーザは話題を変えて、さりげなく尋ねる。

「崖《がけ》の多いところはたいていその陰に海が隠れてるでしょ。わたし、水泳がとても好きなんだけど、混んでる海岸はいやなの。欲ばりなのね。人っ子一人いなくて、砂浜と海だけのところを泳ぐのが好き。もちろん、一人、二人のお友達は別よ。それに蟹《かに》がいても気にしないけど」

「ここは海のすぐ上にあるんですけど、海岸に出るには長い道を下りてかなきゃならないの。わたし、海は好きじゃないわ」アナはちょっと身震いする。

「波のまにまに流されるし、塩水が髪を傷めるでしょ。でも、イギリス人が海を好きだってことは知ってます。レアンドロがイギリス人と婚約することになったって聞いたとき、チャノ・ベラルデにイギリス人のことを教えてほしいって頼んだの。チャノは工場の仕事で行ったことがあるのよ。女の子はとっても肌が白くて、ミニ・スカートをはくのが好きで、水泳が大好きだって話してくれたわ。そういう女の子とレアンドロが恋をするなんて、最初は想像もできなかったけど。でも、今お会いしてみて、レアンドロがあなたをほめる理由がよく分かるの。髪はつやつや輝いてるし、目も美しいわ。それに、あなたは、恐れるものは何もないように見えるんですもの」

「恐れないように努めてるだけよ」

リーザは目をほめられて、ちょっと赤くなった。イギリス人はあまりお世辞を言わないから、人前で恥ずかしくさえなければ、それ以上おしゃれをしようなんて一度も考えたことがなかった。けれど、今、自分が質素でみすぼらしければ、レアンドロ・デ・マルコス・レジェスだって、自分にふさわしい婚約者だとは考えなかったろうと思うと、ちょっぴりショックだった。そう言えば、昨日の夜、ヘッドライトの明かりでじろじろ自分を見ていたことを思い出す。顔がいっそう赤くなり、リーザはレアンドロのことを考えまいと逃げ道を探した。

「チャノ・ベラルデって、どなたなの？」

なにげなく手を伸ばして、手のひらに椿の花を包み込む。

「チャノは伯爵さまのために働いていて、ときどきこのお城にやってくるの」

アナの生き生きした口調に、リーザはレアンドロの言葉を思い出す。あれは、この友人が、自分の婚約のニュースを喜ぶだろうとほのめかしていたのだ。アナが自由になれば、レアンドロ以外の男性が愛情を抱いて近づけることになるのだから。

「すてきなかた？　すてきな名前よ」

「レアンドロほど背が高くないし、それに……それほど堂々とはしてないけど、でも、とってもハンサムなの」

柔らかい、クリームのような肌がぽっと色づく。たぶん、伯爵との結婚が決まる場合にそなえて、チャノへの気持ちはしっかり鍵《かぎ》をかけてしまい込まれていたのだろう。が、今は、この感情も解き放つことができる。リーザは、突然、この偽りの婚約からも、何かいいことが生まれるかもしれないという幸せな気持ちになった。けれど、この幸福感におぼれてはいけない……リーザは椿の花を握りしめる。とたんに花びらがぱらぱらとふりかかった。

「あなたが、まもなく結婚するっていう前兆よ」

「あら、とんでもない」言葉がのみ込むより早く飛び出していた。「あの、つまり、恋人同士は、そんなに急いで結婚に飛び込めないわ……婚約してすぐになんて。もっとお互いによく知り合わなくっちゃ……」

「でも、あなたは一年間もレアンドロの婚約者だったんでしょ。伯爵夫人が、結婚式までそんなに長く待つなんて、お孫さんにお許しになるはずないわ。きっときつくおっしゃってるわ、いいえ、今ごろは、もう、おっしゃってるところかもしれないわ――具体的に日取りを決めるようにって」

「そんなこと……レアンドロにはできなくってよ！」

突然パニックに襲われ、リーザはぱっと椅子から飛び上がって、そのまま城門まで走り、城門を走り抜けて自由の世界にもどろうと思った。それなのにまた深々と腰を下ろしたのは、ふいに木立から背の高い人影が近づいてきたからだ。薄いグレーのラウンジ・ウエアが、浅黒くて、印象的な顔をいっそう引き立てている。リーザは真っすぐレアンドロを見つめる。リーザの目にパニックを読みとると、レアンドロは眉《まゆ》をしかめて見せたが、テーブルに近づくと、何事もなげに話しかける。

「もう友達になったらしいね？」

レアンドロは、そばにある腰くらいの高さの石べいに腰を下ろし、アナからリーザへと微笑を向ける。どうしてこんなに堂々と、自信にあふれて見えるのだろう？　この自信のほんの一かけらでももらえたら、どんなときにも、このぺてんから逃げ出そうなどと思わなくてすむでしょうに。

「お祖母さまのごきげんはおよろしかったの？」と、リーザ。

「ああ、とてもすばらしかったよ。午後の軽い食事のときに、きみに会いたがっていた。シャンパンを開けて、みんなでお祝いをしようって」

レアンドロの優しい微笑を見ると、二人っきりになって、見せかけの婚約ばかりか、見せかけの結婚にまで巻き込まないでほしい、と、きっぱりと言ってやりたかった。

「スペイン人もシャンパンを飲むなんて、知らなかったわ。ご自慢のシェリーのほうがお好きだと思ってたのに」

「そう、いつもはね。だけど金色のワインがふさわしいときだってあるさ。マドレシータもきっとそう思っているよ。祖母はきみに会えるのを楽しみにしてて……前もって言っておいたほうがいいかな、何かきみにプレゼントがあるらしい」

「でも……」

レアンドロは手をあげてリーザを制し、すばやく、困ったような微笑をアナに投げかける。

「イギリス人ってとても独立心が強くてね、アナ。きみには信じられないだろうが、この娘《こ》と婚約にこぎつけるのにどれだけ苦労したことか。リーザには、ぼくの家族に気に入られないんじゃないかっていう間違った気持ちがあってね。まったくばかげた考えだろう？　とてもおかしいな、ぼくらとは違った人間に思われるんじゃないかってきかないんだよ――赤いばらに混じった一輪の白いばらみたいに」

　アナがレアンドロにほほ笑み返す。その目に恥じらいがあるのにリーザは気づく。

「リーザはとてもきれいよ。わたしたちみんな期待してたの。あなたがはじめて話してくれたとき、リーザにつけた愛称どおりのかたかしらって。ほんと、確かにボニータ《かわいい》ね」

「ほらごらん」リーザに向かって言う。ちょっと皮肉っぽい口調で。「ぼくの言ったとおりだろう？　アナや伯爵夫人をちっとも怖がることはないって。きみを親族に迎えて、二人とも、うれしくってしようがないだけだからね」

「ええ」リーザは作り笑いを浮かべる。

「でも、何もかも、はっきり決めることはないんでしょ、セニョール？　あなたとわたしは、このスペインの土地で一緒に暮らせるかどうか、まだよく分からないんですもの。この件については、そんなに先のことまで――結婚のことまで考えないほうがいいと思うわ、そうじゃない？　つまり、結婚ともなれば、スペイン人から見れば、とても拘束力が強いことですもの。だから、伯爵夫人によく説明していただきたいの。わたしたちは、はっきりしたお約束は何一つできませんって……その、わたしたちの……気持ちがはっきりするまでは」

「イギリス人はどうも警戒心が強すぎてね」レアンドロは眉根をよせて、慌ててアナに言った。

「たとえ一目惚れしても、まず自分の心に言い聞かせようとするんだよ——ちょっとした熱病にかかっただけで、このめまいもすぐに消えてしまうだろうってね。イギリス女性ときたら、いっそう複雑でね。なにしろ炎の心を持った氷の女なんだもの。あの冷たさが、いつ燃えるような情熱に変わるのか、男には決して分からない」

　レアンドロが冗談めかして言っているのだから、リーザもまじめにとらないことに決める……けれど、目を合わせて、相手のきらきら輝く瞳を見ると、まるでその言葉が急に重大な意味を持ちはじめ、やがて実際に試すつもりじゃないかと思えてくる。リーザはレアンドロの目から視線をそらし、口もとに移す……しっかり結んだ力強い唇。けれど、心をかき乱す激しいラテン人の情熱を思わせる唇。

　この唇が、熱く、激しく、いやおうもなく、ちょっぴり残酷に……自分の唇の上に重ね合わされる場面が心に浮かび、リーザはその情景を心から押しのけようとする。レアンドロが女性のほうに身をかがめるとき、そのたくましい両肩は、どんなふうに、そのほかの世界を覆い隠してしまうかと思うと、肩を見るのさえ怖い。腹立たしいことだけれど、黄金色の肌に自分の手が触れるとき、どんなに熱く燃えているかと想像してしまう……自分自身の想像に、かっと腹を立て、リーザは怒りをこめてレアンドロをにらみつける。

「わたし……何一つはっきりと決めてほしくないの。わたしたち……まず、お互いの気持ちをはっきり固めなくちゃ。なんと言っても、知り合ってまだ日が浅いんですもの」

「一年じゃ足りないんですって？」

アナは目をまるくして、レアンドロとリーザを交互に見ながら、問い返す。

「リーザの言ってるのは、一年間ずっと一緒に過ごしたわけじゃないってことさ」レアンドロがすらすらと口をはさむ。

「さあ、いとしい人《アマーダ》、そんなに不安そうな顔をしないで。きみをスペインの塔に閉じ込めるって、まだ決めたわけじゃないんだから」

レアンドロは微笑を浮かべていたけれど、いつものようにあざ笑うみたいに、眉をぐいっと上げる。リーザはほほ笑み返す気さえ起こらなかった。レアンドロを見れば見るほど、たとえこの偽りの婚約が手にあまる羽目になろうとも、自分の気持ちなど少しも考えてくれていないことが、はっきり分かってくる。傷つけてはならないのは伯爵夫人であって……リーザ・ハーディングは若く、はつらつとしているのだから、エル・セラフィンでどんな傷手を受けようとも、すぐ立ち直ると思っているに違いない——たとえその痛手が人生ではじめての、心をかき乱し、打ち震わせる経験であったとしても。

陽光に輝くリーザの金髪から、冷たいブルーのシャツに目を移しながら、レアンドロの目はリーザに語りかける——自分には自分のやりかたがあって、ただの小娘の反抗など、やすやすとあしらってみせるぞ、と。

「少なくとも今日の午後着るドレスの一着ぐらいは持っていると思うけど、なければアナが貸してくれるだろう。マドレシータは昔かたぎの人だから、ズボンは男性のはくものだと決めているんだよ。もちろん、イギリスの今の若い連中は、男でも髪を肩まで長く伸ばすのが流行しているとは知ってるけど……きみの第一印象は魅力的であってほしいんだよ、ぼくのリーザ」

「わたしに命令してらっしゃると受け取っていいのね？」

リーザはきり返す。

「ご随意に、アマーダ」

レアンドロの射るような視線は、まるで、じかに触れられているみたいだった。声は絹のように滑らかで、悪意に満ちている。

「もし、わたしがいやだと言ったら、どうなさるの？」

リーザはつんとあごを突き出す。まるで平手打ちを誘うように。

「本気でそんな質問に答えさせたいのかい？」

「どちらにしろ、わたしの希望は無視するおつもりらしいわね。でも、安心なさって、セニョール。ドレスは持ってますし、伯爵夫人がなじんでらした習慣を無視して、びっくりさせようなんて夢にも思ってませんから。きっと立派なかたでしょうし、わたしもお目にかかるのを楽しみにしてます」

「祖母がきみの人柄を探ろうとしてるのは分かっているね」目を細め、磁石のようにリーザの視線をとらえる。「きみには最高に好奇心を抱いているだろうし、きみの本当の姿を知るために、いろいろ突っつき回して調べたいとも思っているだろう。勇敢に立ち向かってほしいものだな」

「わたし、きっと、最善を尽くしますわ」

元気よく答えたとたん、皮肉たっぷりの笑いが、いっそう深くレアンドロの頬に刻みこまれる。リーザは心の中で毒づき返す——そちらがそのつもりなら、こちらも、もうあれこれ気にしないで、どんなことでもやりますわよ。あなたのほうにも、これ以上にわたしを巻き込む気はまるでないっておっしゃるんなら! 結局フランキスタのことがある以上、本当の未来の計画を危うくするようなとりきめを伯爵夫人としてしまったら、一番困るのはレアンドロなのだから。

このささやかな決戦場を控えながら、今日はやはり楽しく過ぎつつあったから、リーザはレアンドロの皮肉な笑いにも元気いっぱいの微笑を返す。

「きっとアナが、わたしたちのことを、とてもけんか好きの二人で、どっちみち、決して祭壇の前までは行けないだろうって思うわよ」

「アマーダ」ゆっくりと愛の呼びかけを口にする。リーザが偽の恋人役をとてもいやがっているることを知り抜いているくせに。「アナは、ラテン人がこうした言葉の果たし合いが好きだってことを、よく知っているさ。ぼくが未来の妻とこれを楽しまなかったら、かえってびっくりしてしまうよ。風味を与える塩もこしょうも入っていない食事なんて、いったい何になる？」

「少しも甘味のない食事はどうかしら？」

リーザはぴしゃりと言い返した。

「ああ、きみもちょっぴり甘味を欲しいって言う。喜んで加えてあげるよ」

肉のひきしまった、しなやかな肢体を軽快に動かして立ち上がると、レアンドロはただの一歩で、リーザのそばに来る。レアンドロが、リーザの頬にキスするみたいに身をかがめたときだった。突然ぱたぱたと足音がして、慌てふためいた小柄な婦人が庭園に現れた。衣《きぬ》ずれの音をさせ、手を振りながら。

「伯爵さま。すぐ伯爵夫人のところにおいでくださいまし！　今すぐあなたの婚約者にお会いになりたいとおっしゃってますの。とても興奮なすって！」

「でも、半時間ほど前にマドレシータの部屋から出てくるときは、ちっともなんともなかったよ。これから二、三通手紙を読むんだって、とても楽しそうで、落ち着いて見えたがね」

「わたくしの感じでは、伯爵さま」興奮した目でリーザのほうをちらりと見やる。「こらんになったお手紙の中に、若いお嬢さまとご一緒にもう一度会いたいとおっしゃるようにさせる何かがあったんだと思います」

「よくわかったよ。マヌエラ」微笑を浮かべて、心配そうな小さな婦人を見下ろす。「そんなに取り乱さないでくれ。さあ、心を落ち着けて。引き返して伯爵夫人に伝えておくれ。二人とも、すぐお目にかかりにうかがうってね」

「あなたはお優しいかたですわ、伯爵さま」

あたふたと引き返すマヌエラをながめながら、古風だけれどやはりすてきだわ、とリーザは思った。伯爵夫人に身も心も捧《ささ》げているのがありありと分かる。たぶん、人生の最良の年を捧げてきたのだろう。マヌエラの時代遅れの服装みたいに、ヴィクトリア朝中期ごろの生きかたであっても。

「二人で、マドレシータのところに行ったほうがいいな」レアンドロの影がもう一度リーザを包み込む。が、今は、意地悪な喜びも目から消え、憂鬱《ゆううつ》な目はまつげに隠れていた。

レアンドロはリーザの腕を取り、立ち上がらせる。「一人で大丈夫かい、アナ?」

「わたしは本を読んでますわ、セニョール」そう答えると、同時にアナは、リーザを励ますように友情のこもったまなざしを投げかけた。「またあとでね」

リーザはレアンドロと一緒に城に向かって歩く。レアンドロは、まだしっかりとリーザの腕をつかんだままだ……。そのとき、突然、レアンドロの触れているところから、不思議な、電気に触れたような身震いが全身に走る。リーザはやっとの思いで言った。

「ドレスに着替えなくっちゃいけませんでしょ、セニョール？」

「そんな時間はない」そっけない口調だった。「マドレシータは、あるがままのきみを受け入れてくれるさ」

4

伯爵夫人の住む館《やかた》の一角にある小さなサロンは、すっかりリーザをとりこにしてしまった。自分を力ずくでこの部屋に引き立ててきた男の祖母に会わなければならない気の重さまで、しばらく忘れていたくらいに。陶器や置物が飾ってあるすてきなコーナー・キャビネット。美しいローズ・ピンクのじゅうたん。つづれ織りの壁掛け。そしてすばらしい額縁に収まった先祖の一人の等身大の肖像画。

リーザは、肖像画から目が離せなくなってしまう。服装を見ればレアンドロじゃないことは明らかだけれど、容姿は当代の伯爵そっくりだ。

「エル・コンキスタドールってあだ名なんだ。中南米を征服したスペイン人のように、スペインの栄光のためには――つまりは黄金のためにならどこへでも出かけていった男らしい」

レアンドロがふいに話しかけ、リーザはびくっとして振り返る。生身の目は、肖像画の目よりも、いっそうリーザの心をかき乱す。

「コンキスタドールって、とっても残酷だったんでしょ？」

「確かに、残酷さは、ある面ではスペイン人の特徴だよ。でも、ほかの面もあることを忘れてほしくないな、セニョリータ。スペインでは警察の保護なんかなくても子どもはのびのびと育つ。子どもを愛し、老人の知恵を尊重するのも、やはりスペイン人の特徴だから」

「だから、なおさら残酷さのかなりの部分が女性に向けられてしまうんじゃなくて？」

「女性は実に不思議な生き物でね、多少の残酷さはきらいじゃないらしい――相手の男を愛している場合ならだけれど」

「ちょっぴり逆説に聞こえるわ。でなかったら、腕力に訴えるくせを正当化する口実ね。わたしなら……残酷に扱われて喜ぶなんて考えられないもの。たとえ愛する相手ができたとしても」

「きみは何も知らないから、そんなことが言えるのさ。愛ってものが、そもそもマゾヒズムに近い感情だもの。むろん、肉体的な意味だけじゃなくて、精神的な意味でもね。本当に、魂の奥底から愛していると言えるためには、相手のためにいつでも犠牲《いけにえ》になる覚悟がなくては……でも、もちろん、きみたちクールなイギリス人は、こういう考えかたにはおじけをふるうんだろうな？　きみたちの愛は、仲のいい伴侶《はんりょ》になることで、情熱のとりこになることじゃないもの」

「仲のいい、優しい伴侶になることのどこがいけないの？　いつも熱く燃えてるのより、暖かいほうがずっとましよ」

「きみは何も知らないんだな」レアンドロは声をあげて笑った。

「きみには学ばなければならないことが山ほどある。やがて、かならずきみの前に現れて、きみの調教師になるはずの男がうらやましくなるくらいだよ」

「一言、ご注意申しあげますけど、その言葉は先生と言い替えたほうがよろしいかと存じますわ……セニョール、あなたはもしや、女性は野生の猫みたいなものだとでもお考えなんじゃありません？　だから、むちでぶって、喉《のど》を鳴らして甘えるようにしこまなきゃならないって」

「なんて変なことを思いつくんだろうね、リーザ」

一瞬、レアンドロの目にちろちろと小さな炎が燃えたような気がする。まるで、リーザがどういう女性なのか探ってみたいと思いついたように。そう考えただけで、リーザは体を硬くする――自分の快楽のためにならなら、どんなことを考え出すか、見当もつかないところがある。リーザはさりげなく肖像画のほうに向き直った。

「征服者だったご先祖は、すばらしい軍服を着てらっしゃるのね。でも顔立ちは、あなたにそっくり」

「つまり、ほかのところも似てるって言いたいんだろう？　マドレシータもいつも言っている——この肖像画をかけておくのは、ぼくが自分の肖像を描かせて祖母に贈ろうとしないせいだって。それだけじゃなくて、祖母は、本当のぼくの姿はこちらなんだと言い張るんだよ。むろん、きみも祖母の意見に賛成なんだろう？」

「大賛成……肉体が似てれば精神も似てるって考えかたがあるのはご存じね？　ちょうど悪魔の申し子とか聖人の生まれ変わりって話がよくあるのと同じに」

「悪魔か……きみは無意識にぼくを挑発《ちょうはつ》してるぞ。女性をしこむのに、どこまでやるか探ってるんだね？　ぼくは聖人じゃないよ、もちろん。が、挑発されれば、悪魔にはなれるね」

「わたし、挑発なんかしてません！」

リーザはあとずさりする。レアンドロの目があざけるようにきらめき、つと一歩踏み出す。そのとき小サロンのドアが開いて、伯爵夫人のお付きのマヌエラが現れる。リーザのほっとしたため息と、お付きの喜びの叫びが混じり合った。

大きく息を吸って、リーザはレアンドロ・デ・マルコス・レジェスと一緒に、伯爵夫人の寝室に入る。想像していたとおりの豪華さだった。寝台そのものが基壇の上に乗っている。冠の形の天蓋から垂らした藤色の薄絹。凝った形の窓からは、ちょうどロマンチックな城の小塔が見える。そして大きな大理石の壺《つぼ》には、いっぱいに大輪の芍薬《しゃくやく》。

寝台には、すばらしく誇り高い、いつまでも美しい女性の姿があった。黒髪は見事な銀髪に変わっているが、黒い瞳《ひとみ》には威厳があり、マスカラでいっそう際立って見える。頬紅は薄く、口紅は濃く、くっきりと。

自分が目をまるくしているのが、リーザには分かった。レアンドロから祖母は古風だと聞かされていたので、なんとなくイギリスのヴィクトリア女王時代の地味な服装を予想していたせいだった。

深い藤色のベッド・ジャケット。背中を支える、びっくりするほど大きな絹の枕。巨大なベッドを覆うローズ・ピンクのカバー。その上には雑誌や手紙、くしや手鏡、菓子箱から宝石箱まで散らばっている……。

まるで、大女優か女王陛下の寝室に足を踏み入れた感じだった。レアンドロがベッドに歩みより、なぞめいた表情で祖母と対面する。英語で話したのは、リーザにもよく分かるようにという計算だったのだろう。

「さあ、一緒に来ましたよ、マドレシータ。おおせのままにね。ぼくの婚約者のことを何もかも知りたがっているって、マヌエラが教えてくれたものだから」

レアンドロがリーザを振り返って、ベッドのそばに来るように手招きする。レアンドロは長身だから、床に立ったままだったが、リーザは三つ段を昇って、基壇の上に立った。

伯爵夫人の視線が頭から爪先まで、なめるように動いていくのを、痛いほど感じないではいられない。どうしてこんないんちきに手を貸す気になったのかしら！　夫人は自分と同じに誇り高く、目を見張るほど美貌《びぼう》の孫が選んだ婚約者だと信じて、リーザを――ブロンドの乱れ髪で、若さの魅力があるというくらいしか言えない容貌の、どう見てもグラマーではないやせた娘を――くわしく観察する。

きっと茶番に気づいたんだわ、とリーザは思った。一瞬、嘲笑《ちょうしょう》が相手の目に浮かんだような気がする。けれども、レアンドロの祖母は、指輪のはまった手をリーザに差し伸べて、温かく言った。

「エル・セラフィンへようこそ、お嬢さん。レアンドロは、もちろん、あなたのことを話してくれたんだけど、こうして会ってみると、想像してたのとはやはり違うわね」

伯爵夫人の手は、握手してみると、ずいぶん力がこもっていて、しっかりしていた。リーザはどぎまぎして、あぶなく手を引っ込めて、真実を告白してしまうところだった――違ってるのは当然です。レアンドロが話した婚約者は作りごとだし、このわたしは偽ものです、と。

夫人はリーザの手を引いて、ベッドにかけさせる。そして、優しい声で、けれども、うむを言わせぬ口調で言った。

「キスしてちょうだい、お嬢さん。若い、いい顔をしてるのね。わたし、あなたを未来のマルコス・レジェス家の一員として歓迎しますよ。きっとご存じでしょうけど、我が家は古くからの、力のある家系なんですよ。もっとも、今はお婆《ばあ》さんと、男ざかりの孫との二人だけになってしまったけれど……でも、やっと、この子が、我が家の血筋を絶やしてはならないという責任に目覚めてくれて。わたし、どんなにうれしいことか」

伯爵夫人が頬を差し出す。リーザはそっとキスをして言った。まるで大人に教わったとおりに返事をしている、お行儀のいい子どものように。

「ありがとうございます、セニョーラ。こんなに歓迎していただいて」

「マドレシータと呼んでちょうだい。でもね、お嬢さん、あなたはいつも男のはくものをはいてるの？　正直言って、感心しないわね。もし女性の脚を隠したほうがいいのなら、なぜ自然は男性の脚よりも念入りに形よく作ったのかしら？　わたし、今の娘さんたちが、よく分からないの。わたしたちの若いころは長いスカートでね、いくら形のいい脚をしていても、くるぶしより上は見せちゃいけなかったのよ。やっと脚を見せられるようになったと思ったら、男のはくものなんかで隠すなんて——ロング・スカートにはなぞがあるわね。でも、女がズボンをはいても、脚の短いのが目につくだけ。ロング・スカートは気品をそえるけど、ズボンじゃ、無理ね！」

「ごめんなさい」

リーザは赤くなった。レアンドロならともかく、この伯爵夫人には、とても逆らえない。それに、夫人が非難しているのは、リーザではなくて、流行なのだから。

「お目にかかる前に着替えたかったんですけど、使いのかたが大急ぎでっておっしゃるし……レアンドロも、おめかしなんかしてる暇はないって言うものですから……」

リーザは唇《くちびる》をかむ。レアンドロが基壇に上がってきて、リーザの腰に腕を回したからだ。

「そうなんだ。で、急ぎの用って何、マドレシータ？　リーザには午後になって会うつもりだったんじゃないの？　予定どおりなら、リーザだってちゃんとした衣装で来られたのに」

伯爵夫人は孫の顔をじっと見守る。罪のごく小さなしるしとか、優しげな表情のかすかな裂け目とかを探しているみたいに。孫がゲームをしかけてきたことに気づいて、今度は祖母のほうがゲームをしかけようとしているみたいに――まるで、リーザは、二人のゲームの駒《こま》になったような気分だ。が、それも気にならないくらい、この二人の駆け引きはおもしろい。

一瞬、ためらって見せた後で、祖母は指輪をきらめかせながら、いかにも怒りにまかせて便せんを突っ込んだように見える青い封筒を指さす。便せんも色つきだから、差し出し人はきっと女性だ。

「おまえも知ってるとおりね、レアンドロ、わたしにはまだマドリッドに親友がいるのよ。もうずいぶんマドリッドには行かないから、みんなが手紙で一番新しいゴシップを知らせてくれるの。わたしを楽しませようと思って」伯爵夫人は孫からリーザへと視線を移す。

「今、こうしてこの若いお嬢さんに会ったんだから……これまでは話ばかりで一度も引き合わせてくれなかったけれど……もう、テレセタ・デルモンデが手紙で知らせてくれたことなど忘れてしまっていいんだろうね？　テレセタがファッションの店や、劇場や、レストランの近くがいいからって、マドリッドの中心にマンションを持ってることは、おまえも知ってるわね……」

伯爵夫人は言葉を切って、じっと孫の顔を見つめる。心の中まで見透かそうとするみたいに。

「もう、あの評判のよくない南米の女とおまえがしょっちゅう会ってるのも、仕事のためだけだと考えていいのね？　テレセタは、おまえたちが二人でいるところを、マドリッドのしゃれたレストランでも、オペラ・ハウスでも、闘牛場でも見てるんだけど――確かに、あの女なら闘牛を楽しみそうだけど、わたしがどう思ってるかは知ってるはずよ、レアンドロ。わたしもラテン系だけど、闘牛場のあの騒ぎは情けないわ。おまえには何度も言ったはずですよ――男が牛の角にかけられて気絶したり、牛に跳ね上げられて角に刺されて死ぬのを見て楽しむような女は、情熱に生きる女で、愛に生きる女じゃないって。おまえの情事については何も言いはしませんよ。どうしても、それなしじゃすまされないって言うんなら。でも、頼むから安心させておくれ。今日連れてきたこの娘さんと、本当に結婚するつもりだって。この子は無垢《むく》です。たとえ女らしい魅力に欠けるところがあるにしても。いいですか、おまえによく言って聞かせたいんだけれど……」

「マドレシータ、ぼくに指図するのはいいかげんにしてほしいって、口がすっぱくなるほど言っているでしょう？　ぼくは申し分なく性格のいいイギリス娘を連れてくるって約束して、そのとおりにしたじゃありませんか。さあ、ここにいるのがその娘ですよ。ぼくの隣に立っています。この娘がキスしたのも、たぶん震えていたのも、分かったでしょ？　幻なんかじゃないんです。きちんとした家に育った娘だから、あなたがあまりぼくのことをプレイボーイみたいな言いかたをすると、婚約指輪まで突き返されてしまうじゃありませんか！」

響きのいい声で笑うと、レアンドロはリーザの左手を取って伯爵夫人に見せる。

「ごらんなさい。だから安心して。家に伝わるサファイアをはめているでしょう？　ちゃんと無垢な娘の指にある。ぼくは仕事でいろんな人に会わなきゃいけない。それくらい、あなたも知っているでしょう？　そして、相手が闘牛好きなら、ぼくも闘牛場に行くことになる――まさか、子どもじゃあるまいし、お祖母《ばあ》さんが反対だからとも言えないもの」レアンドロは微笑を浮かべる。

「あなたも、いかにも美人らしい考えをするんだな、マドレシータ。自分の生きかたが気に入ってて、自分の人生の見かたも、鏡に映る自分の顔と同じに、欠点がないと思い込んでしまう。あなたの使う愛って言葉は、義務の間違いみたいですよ」

「もちろん、その意味も含まれてますよ、レアンドロ。おまえには家名と立場に対する義務があります。でも、愛もいっぱい、ずいぶん長い間、おまえに注いできたつもりですよ。だからこそ――わたしがあの世に行ってしまった後も、ずっとおまえを愛し続けてくれる娘と結婚してほしいの。おまえはいかにも男らしい男です。女は、そういう男に見とれて自分のものにしたいと思う。それはなんでもないことよ。難しいのは、そんな男としっくり合った暮らしをすることなの――それができるのは、温かくおまえを受け入れてくれる我慢強い性質の女だけですよ……。

今になれば、おまえのお母さまは、おまえのお父さまには合っていなかったことは、わたしも認めます。彼女は内にこもる性格で、強くたくましい男性の自然の要求に向き合うよりは、尼僧院にいるほうがふさわしい人だった。でも、だからといって、おまえが結婚の喜びを求めるために、反対の極までふれなきゃならないってことにはなりません。だから、わたしは喜んでるの――このイギリスの娘さんの指に指輪をはめるだけの分別をそなえていてくれたことをね。ごく自然なことだけど、わたしはおまえが……そうね、ラテン系の娘を選んでくれたらと思っていたけれど、でも、このお嬢さんは、おまえの言うとおり、かわいいし、もう一人のほうより、ずっとすてきよ」

突然、伯爵夫人の声に悪意がこもった。怒りを隠しきれない目。今は、リーザにも、レアンドロの不幸なジレンマがよく分かった。自分が愛し、求めている女性に、祖母がこれほどまで鋭い敵意を抱いているのだから。どうしてフランキスタをここに連れてこられるだろう？　評判の悪い南米の女こそ、結婚したいと願っている相手だと、どうして打ち明けられるだろう？

だからといって、フランキスタと離れていることはできないし、マドリッドであいびきをしていた事実まで、もう祖母に伝わっている。今はリーザにもはっきり分かった。寂しい道で、壊れた車の中に自分を見つけたとき、レアンドロがどう感じたかが――ふってわいたような、神の救いと映ったに違いない。

「婚約した女性のほうも相手の男性に指輪を贈るのがならわしよ。きずなを交換するわけなの。レアンドロは、ちゃんと話しましたか？」

リーザは首を横に振り、レアンドロにしっぺ返しをしてやろうと、おどけて言った。

「交換にあげるものなんて、ほとんどないんです。お嫁入り道具さえないんですもの。わたしの仕事じゃ、たいしたお給料ももらえなくって。ここに来る費用をためるのが精いっぱいでした」

伯爵夫人の目がきらりと光り、レアンドロがはっと息をのむ。リーザにも自分の失敗がはっきり分かった。沈黙をきらってレアンドロが口を開く。

「ぼくの婚約者がいかにイギリス人らしく独立心が強いか、あなたにも分かったでしょう？　今まで受け取ってくれたのも、婚約指輪と絹地を少しだけなんですよ。自分でデザインしてドレスを仕立てるのが大好きなものだから。どうしても、未来の花嫁にあれこれやるっていう、スペインの風習を分かってくれようとしない。イギリスでは、結婚は、対等の仲間になることでね、二人の別々の人間が一つの心を持つっていうきずなの感じは薄いんだよ――まあ、お察しのとおり、ぼくはいろいろ教えなきゃならないし、ぼくの婚約者は山ほど学ばなきゃならない。それもまた、ぼくら二人にとっては、楽しいことなんだけれど」

伯爵夫人はゆっくりと絹の枕に上体をもたせかけて、かすかに口もとをほころばせる。レアンドロの言いわけを信じたのかどうか、リーザには確信が持てなかった。

「どちらにしても、おまえのほうも婚約者から指輪を受け取らなくっちゃいけないね。レアンドロ、わたしの持っている、おまえのお祖父《じい》さまの指輪が一番ふさわしいんじゃないかしら？ コンキスタドールの絵の裏の小さな隠し金庫を開けて、中から金の箱を持ってきてちょうだい。しきたりどおりに、指輪の交換をしましょうよ。すてきなならわしだからっていうだけじゃなくて、それでわたしも信じられるからよ、レアンドロ。とうとう、おまえも本気で妻をめとって、家庭を作る気になってくれたって。わたしはもうすぐ八十歳になります。お祖父さまのもとに行く前に、ぜひともこの腕に、おまえたちの息子を抱きたいのよ。さあ、金庫に行って箱を持ってきて、レアンドロ」

「おおせのままに、マドレシータ」

ちょっぴり皮肉な口調だった。リーザに回していた腕を離すとき、レアンドロはわざと指先をリーザの背中にすべらせたみたいだった。リーザは飛び上がりそうになるのを、懸命にこらえる。まるで、心は拒んでいるのに、肌のほうはレアンドロにずっと触っていてほしいとでもいうように、女に慣れた指の感触を楽しんでいたことに気づいて。

もう、体に触らせないようにしなくては！

「あなた、レアンドロを深く愛してて？」

質問が不意を襲う。むちに打たれたように、リーザはたじろいでしまう。レアンドロが部屋を出ていってほっとしていたのに、こうなると早く帰ってきて、と願わずにはいられない。伯爵夫人との間に立って、こういう質問をかわしてくれなくては。リーザはちらとドアを見やった。

「ああ、分かりました。あなたが深く愛してるってことは」リーザの目の動きを、レアンドロと一分でも離れていたくないという思いの証《あかし》ととったのだろう。伯爵夫人は微笑していた。

「そうじゃないなんてこと、ありえないわね。あの子はあれほど際立った個性の持ち主だし、あなたは見るからにうぶだもの。うれしいわ……本当に、わたし、とてもうれしいのよ」

レアンドロが金の箱を手にもどってきて、ベッドの上に置く。ちらと自分を見たのが、リーザには分かった。自分のいない間、何を話していたのか、気がかりだったのだろう。が、リーザのほうは、ふいに心が乱れた。レアンドロに反発する自分と、引かれてゆく自分がいる。くやしくてならない。まるで罠《わな》に落ちたような感じだった。

レアンドロはリーザの腹立たしげな視線を、脅かすように眉根を寄せてにらみ返す。リーザは心の中で叫んだ——この厚かましい悪魔に、本当に自分のものになったみたいに振る舞われてたまるものですか。この向こう見ずの賭《かけ》から、伯爵夫人といとしいフランキスタさえ無傷で救い出せれば、わたしが傷つくことなどなんとも思っていない悪魔なんかに。

「さあ、あなた、この指輪を取って、レアンドロの指にはめるのよ!」

一言の言いわけも許されない、断固とした命令だった。言われたとおりにするしかない。リーザは彫りを施した金の指輪を取り、手を差し伸べたレアンドロの目を見ないように、薬指にはめる。石は輝くルビーだった。

「それじゃ、二人とも手を貸してちょうだい。この婚約を祝福したいの。わたしみたいなお婆さんをこんなに待たせちゃいけなかったのよ。さあ、レアンドロ! あなたもよ、お嬢さん!」

リーザはしぶしぶ左手を差し伸べる。指輪のサファイアがきらめく。伯爵夫人がその手を取って、孫の手の内に置いた。思わず体が震えてしまう。レアンドロの骨ばった力強い手が、手かせのようにリーザの手をとらえる。伯爵夫人はスペイン語で何かとなえ、二人の手の上に自分の手を重ねる。

ひざが震えているのが、心臓がどきどきするのが、はっきり分かった。この部屋から逃げ出さないと、気が遠くなってしまいそう……。

「もう行きなさい、二人とも」突然、伯爵夫人の顔に疲労がにじんだ。

「今朝はとても興奮したから、もう、少し休まなくちゃね。マヌエラをよこしてちょうだい。ベッドを直してもらいますから。宝石箱は金庫にもどしておくのよ、レアンドロ。ありがとう、わたしを喜ばせるために、きちんと指輪を交換してくれて」

「宝石箱を片づけてしまうの？」

伯爵夫人はぱっと孫を見つめた。

「どうしてなのか、よく分かってるはずよ。さあ、箱を持って、お嬢さんを連れてお行き。わたしを休ませておくれ」

「おおせのままに、お祖母さま」レアンドロは祖母のこめかみにキスする。「あなたが心から愛した人の指輪を身につけるなんて、光栄です」

「おまえの指輪ですよ、おまえにあげようと、ずっと思ってたの」伯爵夫人は疲れたようにほほ笑む。

「今日、おまえはわたしに幸せを贈ってくれたのよ。いつまでも持っていて、いい贈りものであるように祈ってますよ」

言い終わると、伯爵夫人は目をつぶった。リーザはレアンドロより前に部屋を出たけれど、階段のところで追いつかれてしまう。急いでもいたが、一種のパニックに陥っていて、リーザは階段のカーブを見落としてしまった。転げ落ちそうになるところを、すぐ後ろにいたレアンドロの手でぐいと引きもどされ、無事、たくましい腕の中にいた。

無事ですって？　リーザはレアンドロの腕の中でショックに震えていた。今にも涙がこぼれ落ちそう！

「放してちょうだい！」

「そんなことをしたら、またよろめいて、今度こそ首の骨を折っちまうぞ」

右腕を鉄の輪のようにリーザに回したまま、左手でリーザの額にかかった金髪を払いのける。無理やり自分に顔を向けさせながら。ショックと静かな怒りの涙は隠しようもなかった。

「どうしてあそこまでうそをつき通さなきゃならないの？……あなたって、まるで悪魔よ。指輪の交換、そして、その後、ベッドのそばで祝福まで受けるなんて！　わたし……そこまで約束した覚えはないわ。伯爵夫人にはお目にかからないわけにはいかないと覚悟はしてたけど、あそこまで……重大なことになるなんて、夢にも思わなかったわ。本当のことを言ってあげなくては。お祖母さまに、あなたとわたしが現実に婚約してるんだって思い込ませておくなんて、いけないわ。お祖母さまだって、あなたとフランキスタが親密なことはもうご存じなんだし……」

「親密だって？　どういう意味だい、何も知らないイギリスのお嬢さん？　きみはぼくが、たまたま愛するようになった女性を侮辱するようなことをするとでも思っているのか？　それとも、侮辱してもいいような女性と、わざわざ結婚するとでも思うのか？　きみはぼくのことをもっとよく知らなくちゃいけないな。そうだろう？」

「もっとですって？」

リーザはあえぎながらレアンドロから逃れようとする。けれども相手の力のほうがどうしようもないくらい強くて、ドレスをへだてただけで、じかに抱き合っているように感じてしまう。はじめての経験だった。男性がその気になったら、比べものにならないくらい、女性より力があると知ったのは。爪を立ててでも逃げ出したいともがいているのに、相手はおがくずのつまった人形を抱いてでもいるみたいに、実に楽々とリーザをつかまえている。

「これくらいのことで、そんなにむきになっていたら、感情も気分もすり減らしてしまうぞ。きみはいつでもマドレシータに白状できたんだぞ――ぼくらは二人とも偽ものだって。でも、きみは、起きてしまったことに逆らおうとしなかったじゃないか。ぼくの指輪をはめたし、祝福されたときだって黙っていただろう？　どうしてそんなに何もかもいやだったんなら、マドレシータのいる前で抗議しなかったんだ？　そうすれば、今ごろは、万事片がついて、もう城を出る用意を……」

「やめてちょうだい！」リーザは怒って相手の言葉をさえぎる。

「わたしも、あなたがお祖母さまを訪ねるたびに気づいてらしたことに気づいていたのよ。何年か前と変わらないように見せようと努力なさってるけど、わたしたち、二人とも、手の震えにも、お化粧の下の疲れにも気づいていたわ。相変わらず立派なかたよ。でも、年をとって、疲れてらっしゃるわ。確かに、こんなたくらみに巻き込まれたんだから、あなたは許せないと思うけど、でも、あなたがこんなうそを思いついた理由は理解できます。もし、わたしに、あのかたのようなお祖母さまがいたら、やっぱり、お祖母さまの気を休めるためだけでも、いやなことだってしようと思ったかもしれない。でも、危険すぎるゲームだわ。いったいどこまで行くのか、わたし、心配なの！」

「祭壇の前までかな？」レアンドロはあざけるように笑うと、指を深々とリーザの髪にからませる。

「ぼくと結婚するのが、そんなにいやなのかい？　考えてみたまえ——城に住んで、きみの気まぐれはなんだってかなえてくれる夫を持つんだよ。きみも伯爵夫人になるわけだから、もう、すてきなドレスをほかの女のために縫うなんてことはしなくていい。きみ自身が、そのドレスを着て、さなぎからびっくりするように美しい、かわいい蝶になって飛び立てるんだぞ」

「よしてったら！」

レアンドロのからかうような視線を避けようと、リーザは顔をそむける。が、たちまち、首の後ろを痛くなるほどつかまれて、無理やり相手の目を見るようにしむけられてしまった。レアンドロの視線がリーザの顔をさまよう。あごから喉へ、胸もとのしみ一つない肌へ。耳から目へ、そして再び唇へ。

突然レアンドロの顔が近づいてきて、何でもないことのように平然と、唇と唇を重ねてしまう――若い男性とキスをしたことがないわけではない。スタッフのパーティーで、無器用なキスをされた経験くらいならあった。けれども、こんなベテランとのキスは、はじめてだった。唇を合わせただけで、こんなに炎が走るような……。

今起こっていることを心の中で消そうとして、リーザは目をつぶる。ところがレアンドロは、目をつぶったことを降伏のしるしと取り違えたみたいに、今度はまぶたの上にキスをする。リーザが激しく暴れ出すと、耳を唇ではさむ。歯で軽くかまれて、リーザの全身に衝撃が走った。

「やめて！」

リーザは声に出して叫ぶ。すると、レアンドロは抱いていた腕をほどいた。歯がきらめく。悪魔そっくりの微笑だった。

「やめてだって？　でも、済んじまったことだよ、かわいい人《ベケーニャ》。きみはぼくにキスされちまったんだよ。たとえ顔や唇を石けんでごしごしこすっても、そうたやすくは、憎らしいキスの記憶は消えやしないさ。憎らしいっていうのは、もちろん、きみの見かたでね。ぼくとしては、なかなか悪くなかった」

「なんて卑劣な人なの！　ご自身のお祖母さまをだましておいて、今度は心から愛していると思わせているかたの姿が見えないとなると、ほかの女の子に戯れるなんて！　ラテン系の男は狼《おおかみ》だって注意されてたけど、あなたみたいな悪魔がいるなんて夢にも思わなかったわ！」

リーザは髪を後ろに振った。挑戦と要求をたたきつける。

「出ていきたいんです、セニョール。伯爵夫人には、思いがけなく大げんかをして、わたしが指輪を返したとおっしゃってください」

リーザはサファイアの指輪を抜き取ろうとする。けれど、どうしたことなのか、指輪は関節を抜けてくれない。レアンドロは階段の壁にもたれて、指輪と格闘しているリーザを見物していた。

「うっかりして、母はとても小さな手をしてたことを注意するの忘れていたよ。ぼくがきみなら、無理はしないな、リーザ。指の関節をはらしちまったら、もう、宝石屋にナイフではずしてもらうしかなくなっちまうもの」

「石けんでなんとかなるわ！　部屋にもどってはずします。わたしの車さえ取ってきていただければ、また旅行を続けます！」

「そうはいかないんじゃないかな。きみは、ぼくが望む間ここにいるって約束したんだし、万一、何かをしでかして、祖母の心身の平和を危うくするようなことになったら、はっきり言っておこう――無鉄砲に羊飼いのもとを離れたちっちゃな白い子羊に、スペインの狼がどんな罰を加えるか、骨身にしみて学ぶことになるってね……それに、きみの車だけど、電話では、修理屋に運んではきたものの、マドリッドから部品が届かない限り、どうにもならないらしいぞ。この辺りの修理屋には、イギリス車の部品なんか置いているものか。ヨーロッパの女性は世界中が自分たちの遊戯場だと思い込んでいるらしいが、現実はね、セニョリータ、ここはスペインでもとびきりの僻地《へきち》で、我が家の領地だと言ってもいいくらいだ。ぼく次第で、きみは楽しく過ごせもすれば、悲しい思いを味わうことにもなる。どちらを選ぶかは、きみの自由だがね……」

レアンドロは言葉を切り、脅迫するように眉《まゆ》をしかめてリーザをにらむ。

「さて、ミス・ハーディング、どちらを選ぶかね？　ぼくの甘やかされた婚約者になるか、約束に背いた女の運命を耐え忍ぶか、どっちがいい？」

「あなたは残酷そのものよ。マルコス・レジェス伯爵」

「そう、ぼくは残酷だよ。だが、残酷そのものとまでは言えないな。わかったら、指輪はそっとしておくことだ……」

「わたしもそっとしておいて！　二、三時間だけでも。お願いだから、このスペインの……狂人の館に慣れる時間をちょうだい」リーザは耳ざわりな笑い声をたてる。

「義姉《あね》は忠告してくれたわ。一人でスペインへなんか行ったら、きっとトラブルに巻き込まれるわよって。だから、兄とオードリの目を盗んで出かけてきたのに……今となっては……セニョール、もしわたしが協力したら、あなたも協力してくださる？」

「協力って、正確には何をするんだね？」

「キスはしないでください。約束にないことですもの。まして、誰も見ていないときなんかに――フェアじゃないわ……」

「フェア・プレイの精神でキスしたわけじゃないさ。ちょっぴり興奮したせいでね。きみは、おかしなくらいピューリタンなんだな。これほどイギリスの女性は解放されているって話でもちきりなのに。人生にも、愛にも、率直だって。でも、男性と接触する羽目になったとたんに、脚が震え、胸が苦しくなるのかな？　もっとも、ぼくにとっては、悪い気はしない。たとえ偽ものでも、イギリス人の婚約者がスペインの海岸で見かけるほど解放されていてほしくないもの」

レアンドロが階段を下りる。リーザはあとずさりして、またもや危うく階段を踏みはずしそうになる。レアンドロはさっとリーザの手首をつかむ。痛みにリーザは小声で叫んだ。

「階段で折っちまうには、きみのうなじはきれいすぎるよ。来たまえ、きみの部屋まで送ろう。感情の混乱にひといき入れるといい」

キスはしないでと頼んだのに、レアンドロはなんの約束もしてくれない。といってもう一度キスの話を持ち出す勇気もなかった。レアンドロの前に出ると、自分が腹立たしいくらい幼い感じにさせられてしまう――まるで、リーザはキスを愛情のしるしだと思い込んでるみたいに。レアンドロのほうは、キスなんかリーザのうぶさかげんを探る手段ぐらいにしか考えていないみたいなのに。

それだけでも、レアンドロは憎い！　部屋で一人になると、リーザは心の中で繰り返す。ベランダに出てみる。手すりをつかんだ左手のサファイアに、陽光がきらめいている。今一度、レアンドロの唇に触れたときの、電流が走るような感じがよみがえった。全身から力が抜けてしまう。キス以上のことなど、とても考えてみることさえできない。

リーザは景色に神経を集中しようと努めた。山脈の雪が空の雲に溶け込みそうだ。高いところは草一本ない岩山だが、ふもとに近づくにつれて緑が濃くなり、オリーブ畑の銀と緑に続いている。鐘が鳴った。澄んだ音色は、信じられないくらい甘美だ。山々を渡る風が運んできたのだろう。

突然、鳥が一羽飛んできて、手すりに止まる。何一つ、恐れるものはないと知っているみたいに、胸を張って。緑がかった青い羽の、美しい子鳩《こばと》だった。

なぜ伯爵の母がこの部屋を使ったのか、理由が分かるような気がする。この窓からは、山の上の教会の鐘の音が聞こえ、ベランダには鳩が恐れげもなく遊びにくるせいだろう――でも、鳩は、自分を脅かすものがあれば飛び立てる。偽りの城である鳥かごにとらわれているのは、リーザのほうだった。

5

鐘の音と鳩《はと》たちをきっかけに、リーザはしだいにエル・セラフィンの魅力のとりこになっていった。続く数日の間、伯爵もリーザの羽をむしるようなことは何もしなかった。だから、今はリーザもかぐわしい花に囲まれた中庭《パティイオ》で噴水の音を聞きながら朝食をとることに慣れはじめていた。

パティオには月の門《プエルタ・デ・ルナ》から入る。タイルを踏みながら、赤紫のブーゲンビリアの花陰にしつらえた竹細工のテーブルに向かうのは、まるで絵の中に歩み入る感じだった。

朝食はたいてい一人でとった。アナは朝早く教会に出かけ、そのまま村に回ったし、伯爵は城のことでいろいろ仕事があったからだ。由緒ある城を維持するのは容易なことではないらしい。もちろん、お金もかかる。が、マドリッドでの事業はうまくいっていたから、家族の住居として城を持ち続けることに、誰も異議はなかった。レアンドロはマドリッドにすてきなマンションを持っているが、やはり田舎に帰って馬を乗り回す喜びは捨てられないらしい。そして、何よりも、エル・セラフィンを愛している老伯爵夫人がいた。

「伯爵夫人と城を、レアンドロはとても大事にしてるのよ」そう、アナが教えてくれたことがあった。

「少年のころ、もう、両親の仲があまりうまくいってないことを知ってたらしいの。お父さまがグラナダに愛人を持ってらっしゃることは公然の秘密だったし。フラメンコの踊り子で、ジプシーの血が混じってたんですって。レアンドロはお母さまが大好きだったから、いやだったでしょうね。お父さまは事業に向いてなくて、そのころは支配人がとりしきってたらしいわ。それが、チャノ・ベラルデのお父さまなの」

アナはかすかに頬を染めた。

「だから、チャノは当代の伯爵が一番信頼してる事業の協力者なのよ。伯爵がイギリスに留学してる間以外は、ずっと一緒に育ったんですもの。イギリス留学はお祖母《ばあ》さまの配慮なのよ。だって、お父さまがフラメンコの踊り子と恋仲になったのも、グラナダ大学時代だったんですもの。そして、結局、その踊り子のせいで、お亡くなりになったんだし——踊り子が猛スピードで車をとばしていて事故に遭ったの。恐ろしい有様だったっていうことよ。見つかったとき、踊り子はまだ意識があって、ひざに亡くなった伯爵の頭を乗せていたんですって。でも、美貌《びぼう》はめちゃくちゃになって、もう目も見えなくて、やがて亡くなったそうだけど。マドレシータはいつも、またあの悲劇が繰り返されやしないかって心配してらしたわ。でも……」

アナは何一つ疑っていない笑顔をリーザに向けて、後を続けた。

「今はみんなが幸せなの。ご自分の生命より大切に思ってらっしゃるお孫さんが、あなたみたいなイギリスのかたを婚約者にお決めになったんですもの。マドレシータもやっと安心なさって――本当によかったわ」

この話を聞いた後、リーザは未来のことを考えないように努めた。今の時間を、この一日一日を、わたしはわたしで楽しむことにしよう、と。そこで、この小さなパティオに気づくと、ベッドで朝食をとるのは好きじゃないから、ここで食べていいかしら、とアルマ・デ・ジャベス――つまり執事の役をつとめる男に尋ねた。ところが、相手はあっけにとられて、しばらく口も聞けない有様だった。

「セニョリータはご命令なさればいいんです。ご命令に従うのが、わたくしたちなんですから。セニョリータは伯爵の奥さまになられるかたです。できるかぎりのことをかなえてさしあげるのが、わたくしたちの務めですから……もちろん、イギリス式の朝食がよろしいのでしょう。フロレンティーナが喜んでお作りしますよ」

というわけで、リーザの朝食は、ポットいっぱいの紅茶と、卵料理にハム、焼きたてのロール・パンにオレンジ・マーマレード、それにフルーツということになった。

まるでお姫さまのようなもてなしを受けて、楽しくないというとうそになる。もう何年も、仕事を持っている女性として、バスに、ケンジントン行きの地下鉄に乗り遅れないいために、朝食は慌ててかき込むしかなかったのだから。

エル・セラフィンは天国だと言ってもいいくらいだった――もし、ここに客として来ているのなら。もしも、伯爵の偽の婚約者でさえなかったら。

最初は、城を歩き回ることさえ、気がとがめてできなかった。が、結局は好奇心に負けて、リーザは部屋を一つ一つ見て回った。隠し部屋もあれば、絵やつづれ織りの壁掛けの並ぶ回廊もあった。けれども、リーザが一番目をまるくしたのは応接間《サラ》だった。

真紅のじゅうたん。ムーアふうに塗ってある格天井《ごうてんじょう》。絹の覆いを掛けた安楽椅子。精緻《せいち》な浮き彫りを施したキャビネットには、異国の置物や短剣が飾ってあって、このイベリアの家系が、遠い日にサラセンの鷹《たか》の血と交わったことを物語っている。

レアンドロに残酷な血が流れていることを、リーザはもう疑わなかった。この見事な古い応接間に座っていると、なぜ伯爵も、その父も、浅黒い肌の情熱的な女性に引かれたのか、分かるような気がする。古い、遠い欲望が、今も血の中に溶け込んでいるせいなのだ。伯爵夫人はこのことを知っていたからこそ、この血を清めようとしたのだろう。修道院から子鳩のような花嫁を迎えたのも、アナを手もとで育てたのも、そのためだったに違いない。

今日もまた、リーザはこの応接間でもの思いにふけっていた。突然、すぐそばで話しかけられて、リーザは飛び上がってしまう。

「こんにちは、セニョリータ。友人の伯爵の婚約者にお会いできて、光栄です」

振り向くと、浅黒い、びっくりするぼど美貌の青年だった。立派な体を仕立てのいいダーク・スーツに包み、えりに小さな赤い花を挿《さ》している。完璧《かんぺき》なラテン人だ。目もとが微笑にほころぶ。リーザは一目でこの男が好きになった。優しくて善良な微笑。誰かしらと思うより早く、男は自己紹介をしてくれる。

「チャノ・ベラルデです。今マドリッドから着いたばかりですよ。たぶん、ぼくのことはお耳に入っているかと思いますが」

「もちろんですわ、セニョール・ベラルデ。わたくしこそ、お目にかかれて光栄です。はじめてお会いするような気がしませんわ、あんまりお話を聞かされたせいかしら――アナからね」

「ぼくのほうも、あなたのお話は一、二度聞かされましたけれど、実はレアンドロの作り話じゃないかと疑いかけていたんですよ。伯爵夫人に結婚を強いられないためのね。一度も婚約者の瞳《ひとみ》の色を教えてくれないものだから、しょっちゅうからかったものです。女友達《アミーガ》の瞳の色をちゃんと思い出せないような男が、本当の恋をしているはずがないって。でも、お目にかかって、なぜ伯爵が漠然《ばくぜん》としたことしか教えてくれなかったか、分かりましたよ。自分の奥方をほかの男の目から隠しておいた先祖の血を引いているせいなんですね――なにしろ、閉じた出窓からベールをかぶった神秘的な姿をちらっとのぞかせるくらいしか許されなかったらしいから」

リーザは声を立てて笑いながら、チャノを観察する——この人はフランキスタのことを知ってるんじゃないかしら？

「お城にお泊まりですの、セニョール？」

ふいに、アナとこの男のことに好奇心が動く。せめて、この城にいる娘の一人は、ロマンスと幸福を見つけなくては！

「ええ、二、三日はいます。マラガの郊外に造る予定の新しい工場のことで、レアンドロと内密な話があって……もともとワイン造りのシーズンが終わると人手があまっていたところに、ワイン造りにも機械化の波が押し寄せてきましてね。だから、新工場を造るにはもってこいだと……いや、こんな味もそっけもないビジネスの話をするつもりはなかったのに……」

「いいえ、とても興味がありますわ、セニョール。伯爵が貧乏な人たちのことを心配しているとうかがって、とてもうれしいんですもの」

「決して利己主義者じゃありませんよ。貴族によくあるようなタイプとは違う。でも、この話はよしましょう。ちゃんと決まるまではね。ラテン人は少々秘密好きなんです。迷信を信じているせいかもしれないな——悪魔に計画を聞かれるんじゃないかって。心配なときには、ほかのことを話して、悪魔を煙に巻くんですよ、セニョリータ。お城の感想はいかがです？」

「まるでおとぎ話のお城！　現代にこんなお城があるなんて、夢にも思いませんでしたわ」

「イギリスでお会いになったとき、レアンドロはここの話をしなかったんですか？……それじゃ、女主人のほうのご感想は？　臆病《おくびょう》な相手にはとても怖い人だって評判なんですよ。でも、あなたは臆病じゃないでしょう？」

「そうじゃなければいいんですけど！　伯爵夫人とは二度ばかりご一緒しましたが、とてもうまくいってますわ。いまだに、たいへん魅力的なかたで、若いころ、男のかたを迷わせた話をなさるのがお好きだし、わたしのほうはそれをうかがうのが好きですから――とてもロマンチックですもの、ギターを伴奏に、バルコニーの下から、かきくどかれるなんてね。たった一晩で、七人の男性から七種類の花をおもらいになったこともあるんですって。わたしの国ではロマンスは死んでしまったみたいですけど、スペインではロマンスのこだまが聞こえるような気がするんです。たとえば、扇の上にのぞく娘のまなざしなどに」

「じゃ、スペインはお気に召したんですね、セニョリータ？」

「ええ……とても」

はじめて、リーザは自分が心からそう答えたことに気づく。この国への愛は、確かに、はっきり心に息づいている。もう、フランキスタのところで働くことはできなくなってしまったけれど、仕事なら、ほかの都市でも見つかるだろう。バルセロナ、バレンシア、そしてセビリアもある。

「アナは奉仕活動で村に行ってるんでしょう？　ぼくの車でドライブしてみませんか？　アナを拾って、連れて帰りましょう」

「喜んでお供しますわ、セニョール。上にあがってちょっとお化粧をなおしてきます。前庭で待っててくださいな」

「つばの広い帽子も忘れないで。オープン・カーだから、あなたみたいな白い肌は、陽《ひ》に焼けてしまいますよ。レアンドロにうらまれたくないですからね」

リーザは急いで部屋を出る。顔が赤くなったのを気づかれないようにと。寝室にもどると、薄緑のシャツと薄いブルーのスラックスに着替え、手早く化粧を整える。アナにもらったつばの広い帽子を手に階下へと急いだ。

車は青のロードスターだ。まるで申し合わせでもしたように、その後、二人は伯爵のことに触れなかった。つづら折りの坂道にさしかかると、リーザはきらめく海を見て、思わず泳ぎたいわと口走ってしまう。アナにも仕事を休んでもらって、三人で海辺までピクニックに行けないかしら？

「アナは若い娘にしては少しまじめすぎるんだよ。ぼくは一度も干渉したことはないが

——なにしろ、正直に言えば、次の伯爵夫人になるかもしれなかったからね——でも、今なら、せめてぼくがいる間くらいくつろいでくれって口説いてみよう。少なくとも、ぼくがきれいだと思っていることぐらいは気づかせておくべきでしょう、セニョリータ？」

「お願い、リーザと呼んで。わたしはね、アナはお城の生活にかなりうんざりしてるんだと思うの。わたしよりずっと母性的ですもの。だからこそ、村でかわいい赤ちゃんの面倒を見るのが楽しいのよ。あるタイプの男性には理想の奥さまになれるわ」

リーザの言葉を考えているのか、チャノはしばらく黙り込んで、運転を続ける。車は山を下りきって、田園風景の中をひた走った。やがて村に入る。透明な光の中で、山脈を背にした小さな家々は、まるで絵のようだ。白壁の家、ざくろ色の壁の家、壁いちめん緑のつたに覆われた家……。

小さな村の広場に出て、リーザは息をのんだ。円く木立に囲まれ、中央に泉のある広場は、いちめんに色タイルが敷きつめてある。ローズマリーの香りが漂っていた。チャノは村を走り抜けて、ムーア人の建てたアラブふうの塔の陰に車を止める。車を降りた二人は、しばらく立ち止まって、時間の停止したような美しさに見とれていた。

広場に向かってゆっくり歩きながら、チャノが話しはじめる。

「あなたがエル・セラフィンに、そこに住む人びとに引かれていることは分かります。多くの点で、村人は古風な暮らしかたをしていて、また、それに満足している。だからこそ、実質的な領主と言ってもいいレアンドロは、ホテルを建てさせないんですよ。観光客は土産物店やら、プールやら、山に登るにはケーブルカーまで欲しがるでしょう？　たちまち村人は連中の落とす金のことしか考えなくなり、連中の落ち着きのない倦怠《けんたい》に感染してしまって、満ちたりた生活の感じを忘れてしまう——そうなったら、このすばらしい土地がどう変わってしまうか、考えてもごらんなさい」

リーザはあらためて広場を見回し、そのとおりだと思う。白壁は陽光にさらされ、小さな四角い窓には緑のシャッターが降りている。そして、優雅な石造りの家々にそびえる鐘楼。

「これが、ビスタ・デル・ソル修道院」

チャノが説明してくれる。

「外観は修道院時代のままに保存してあるけれど、内部はレアンドロが完全に改修して、モダンな病院になっています。シスターたちもマドリッドの一流病院で訓練を受けた人たちばかりで、医長というのが、ありがたいことに金持ちを診察して財産を作るより、田舎の人たちの健康を大切にする人でね。むしろ、自分のことをかまわなさすぎるのが病気と言ってもいいくらいの人物なんだ。こういう人たちがいてくれるからこそ、レアンドロもなんとかやっていけるんでね……もっとも、先代は、あまり領主の義務を果たしたとは言えなかったらしいが……」

チャノは肩をすくめる。

「あるいは、間違った女の人と結婚したせいかもしれない。確かに、そうじゃなかったら、ずいぶん違っていたはずだもの。肉体が引きつけ合うってことはもちろんある――でも、同じくらい、二人の魂が一つになるってことが大切だもの。そう思いませんか、セニョリータ?」

「ずいぶん深刻な質問ですわね、セニョール。そして、すべてを求める愛ですのね。わたし……今まで、そんなふうに深刻に考えてみたことなんてなかったみたい……」

リーザは唇《くちびる》をかむ。うっかり自分の役柄を忘れていたことに気づいて。

「アナを探しにいきませんこと?」

リーザは慌ててアーチ型の入口の一つに急ぐ。ちょうどそのとき、アナが迎えに駆け出してきたのに出会って、やっと救われたように思えた。

「窓からお二人のいらっしゃるのが見えたの!」

アナの目は輝いている。黒髪が乱れて額にかかり、今まで子どもたちの相手をして跳ね回っていたみたいだ。こんなに若く、幸せそうに見えるアナははじめてだった。

「チャノ! お目にかかれて、うれしいわ!」

「ぼくもさ、かわいい人《ベケーニャ》!」

チャノはアナの手を取ると指先にキスする。娘はばらのように赤くなった――あるいは、ずっと以前からチャノが好きだったのかもしれない、とリーザは思う。けれども伯爵夫人への義理から、その思いを今まで抑えていたのかもしれない。

リーザはほほ笑む。自分がエル・セラフィンにいることで、この二人が幸福をつかめるなら、偽の婚約者という罪悪感も、少しは軽くなるのではあるまいか。

「仕事が終わっているんなら、一緒に車で城に帰ろうよ、アナ……この前会ったときより、またいちだんときれいになったよ。それに、こんなに大人っぽくなって！」

「ありがとう、チャノ。でも、髪がこんなにひどくて……」

「とてもすてきよ、そういうのも」とリーザ。

「若くて、自由な感じで。だから、きっちりひっつめに結ったりしないで、いつもそうしてらっしゃい。チャノ、あなたどう思う？」

「ぼくも大賛成！ それじゃ、ドライブして帰る前に、そろそろ四時で、広場の喫茶店も開くころだから、何か飲んでいかないか？ それに、うまい揚げパン《チュロ》も。都会ではもう、ここみたいにうまいのは食べられないもの。みんな忙しすぎてね」

三人は急いで広場に向かった。喫茶店では外のパラソルの下にテーブルを出していて、コーヒーの香りが、そこまで流れてくる。村人たちも、ゆったりと広場へ出てくるところだった。三人はテーブルについて注文する——よく冷えたタンジールオレンジのリキュールと金色のチュロ！

チャノが竹細工の椅子にもたれて、アナの耳たぶの小さな金の輪を見つめている。ラテン系の娘たちは、ごく小さいころ、耳たぶに穴を開けて金の輪をはめてもらう。何年かたつうちに、いろんな輪やら宝石の粒やらボタン式にはめる真珠やトルコ石まで、つけかえがきくようになる。そして宝石は、ラテン女性の豊かな黒髪によく似合った。

本能的に、リーザは左手を引っ込める。サファイアの指輪は愛や欲望にはまったくかかわりのない、レアンドロのうそを伯爵夫人に信じ込ませるための小道具にすぎなかった。

「明日は、わたしも病院に誘ってね、アナ」リーザは明るく言った。けれども、灰色の瞳は、決して明るくきらめいてはいない。

「子どもたちに会いたいの。少しはお役に立ちたいわ」

「ああ」チャノが片手をあげてさえぎる。

「でも、ぼくはアナに病院から休みをとってほしいんだよ。ぼくがこのエル・セラフィンにいる間はね。ぼくだって、いつも仕事の話をしているわけじゃない。だから、お客の相手をしてほしいんだよ。ねえ、アナ、いけないかい？　ぼくに背を向けるつもり？」

アナはうろたえてチャノを見、リーザのほうをちらと見やる。

「一度くらい悪魔におなりなさいね」リーザは笑って言った。

「仕事ばかりで少しも遊ばない娘は――おもしろくない子だと思われてしまうわよ。まるで、便利な家具みたいに、必要なときそこにいるのが当然だと思われて、誰も気にしなくなってしまうの。分かるかしら？」

「ええ、分かるような気がするわ」

アナはじっとチャノを見つめる。まるで、突然、チャノ・ベラルデは、伯爵のすてきな仕事仲間だけではないことに気づいたように。現に、きみの魅力でぼくをもてなしてくれないかと頼んでいるのだから。つぶやきがアナの唇からもれる。

「チャノ……」

「はい、わたくしでございますが……」チャノは微笑する。

「やあ、ちょうどいい、冷たい飲みものと、かりかりのチュロが来たぞ」

楽しい時間はたちまち過ぎ、三人は車にもどって城に向かう。空はピンクと紫に染まりはじめ、やがて山地の夜に変わる。メランコリーな美しさ。そして悲しみの夜。

リーザの心の中に、城の情景が浮かび上がる。長身の伯爵の姿を映している鏡。銀紙を開いて修道女の作ったおいしい菓子をたべる伯爵夫人。そして小さな銀の時計が鳴ると、レアンドロが手を貸してマドレシータを立ち上がらせる。リーザが伯爵夫人の頬にキスすると、マドレシータは寝室に向かう。あのすてきなスペインのあいさつを残して――神が《バー》あなたとともにいますように、では明日また《ヤ・コン・ディオス・アスタ・マニャーナ》。

チャノが幾晩か一緒にいてくれると思うだけで、心が安まる。夕食の後の緊張した時間が、いくらかでも和らげられるはずだから。リーザは伯爵夫人が何を言いだすかとおびえ、レアンドロも質問の矛先をそらそうと身がまえたままだ。たとえば、昨日の夜も、マドレシータが言った。

「結婚の日取りを決めなくちゃだめよ。ぜひともですよ、レアンドロ。忘れないでおくれ——わたしは今夜寝床に入って、そのまま、明日になっても起きてこないってことも考えられるのよ。わたしはずいぶん年をとって、望みらしい望みもなくなったわ——ただ一つを除いてはね。わたしはこの目で、おまえの結婚式を見たいのよ。ハエンの聖堂で、わたしがお祖父《じい》さまと結ばれた同じ場所でね。弔いの鐘を鳴らす前に、ウェディング・ベルを鳴らす日を教えてほしいっていうのが、そんなに大それた頼みかしら？」

「あなたは永遠に若いですよ。でも、約束はします。すぐにでも未来の妻と相談するって」

　そしてレアンドロは、祖母を抱いて寝室に運んだ。そばを通るとき、ちらと自分を見た伯爵の目を、リーザは忘れることができない。黒い瞳は、深くて、何一つ読みとれなかった——まるで希望の星一つとてない、暗い夜空のように……。

　車は城の鉄の門を通り抜ける。チャノの言葉にアナが優しく笑った。ふいに、孤独感がリーザをとらえる。伯爵の婚約者ということになってはいるけれど、本当は、わたしはただのよそものにすぎない……。車が前庭に止まる。見事な彫刻のある入口には、真上にいかにも優しい言葉が刻んである。が、本当に信じていいものかどうか、今のリーザには分からなかった――我が家はまた汝の家なり《ミ・カサ・エス・テュ・カサ》――。

「夕食に遅れないように、急いで着替えをしなくちゃ！」

まぶしいくらい明るいホールで、リーザはさりげなく言うが、やはり、声が震えてしまう。

「ドライブはとても楽しかったわ。本当にありがとう、セニョール。エル・セラフィンの村は大好きよ。わたしも絶対に俗化しちゃいけないと思うわ」

「そんなことはさせないさ。ぼくがここの主人でいる限りはね」

きっぱりとした口調に、リーザが思わず振り向く。レアンドロがオフィスから出てきたところだった。しまの絹のシャツと細身の黒のズボン。くつろいだ感じはびっくりするほど魅力的だ。

「すばらしいところね、レアンドロ」

はじめて、ためらいなく名前が口をついた。

「生まれてはじめて、あんなに……完璧な村を見ました。観光客なんかに荒らされちゃいけないわ」

「そのとおり……ある意味では、エル・セラフィンは中世のまま残っている。たまたま村を訪れた人たちまで、すっかりとりこになって、もう出ていこうとしなくなるくらいだよ。確かに、妖しい魅力があるからね。ここでは、誰ひとり、失われたものへの郷愁という流行病なんか知らないで暮らせるんだから」

チャノが微笑を浮かべて軽く頭をさげると、リーザとアナを階段の下までエスコートする。階段を昇りながら、リーザははっきりとレアンドロの視線を意識していた。

6

夕食前の時間を利用して、リーザは自分で裁断したドレスの縁どりを仕上げる。すてきな柔らかいローズ・レッドの布地は、工場から届けられたサンプルの一つだった。シンプルだが効果的なデザインの仕上がりを確かめたうえで、マヌエラが貸してくれた電気ミシンのふたを閉める。

もちろん、伯爵夫人のお付きは不思議がった――計画を立てて城を訪ねていらっしゃったのに、なぜ、ドレスなど作る必要があるのかしら？

そこで、レアンドロから教わった口実を使ってみる――送っておいた荷物が、まだマドリッドから着かないんですの。

「どうしてセニョールの車に積んでいらっしゃらなかったの？」

一瞬、リーザは返事に困った。が、伯爵が車の後ろに、ゴルフ道具と、伯爵夫人の誕生日を祝うつもりでシャンパンの箱を入れていたことを思い出す。

「殿方ってどういうものかご存じでしょ？　レアンドロが自分に必要な荷物をさっさと積

み込んでしまったから、わたしは小さなスーツケースしか持ってこられなくて……」

今度はマヌエラも納得してくれて、たぶん、そのとおりに伯爵夫人に報告したに違いない。ドレスは胸を開け、両腕を出し、かかとまでドレープのあるクラシックなスタイルだった。イブニング・シューズは、普段ばきの布靴に金色のビロードを覆って間に合わせる。効果は抜群だった。足音が消え、リーザはしなやかな猫のように階段を下りていった。

みんなは応接間《サラ》で食前酒《アペリティフ》を飲んでいるらしい。ドアの前まで来て、リーザは舞踏室のドアが開いていることに気づく。足音が低いのをさいわい、舞踏室にすべり込む。カーテンの引いてない窓から月の光が差し込み、壁面いっぱいの鏡に映っている。おそらくは、老伯爵夫人の若かりし日以来、ずっと使われていないのだろう。

リーザは広い舞踏室の真ん中に立って、ありし日の音楽を聞いているみたいに、見えないパートナーのリードに従って踊った。衣《きぬ》ずれの音。鏡に映る月光の中の自分。

ふいにシャンデリアがともって、リーザの目をくらませ、踊っている姿のままで凍りつかせてしまう。

「とてもきれいだよ」

深い声の響き。リーザは真っ赤になった。不思議なくらいいい気持ちだったのに、今はレアンドロにどうからかわれてもしかたのない立場だった。ちょうど、いたずらの現場をつかまった子どものように。

「きっと遠いムーア人のささやきが、イギリスの娘を躍らせたんだな——とっくの昔に死んでいるハーレムのあるじのために」

レアンドロが歩みよる足音に、リーザは体をこわばらせる。ばら色のドレスを通して、レアンドロの視線が痛いほど分かった。

「野蛮な何世紀をさまよって、ばらはもどってきてくれたのだろう」

誰の詩だろうか、そう口ずさみながら、伯爵はリーザのそばに立つ。リーザはまたびくっとなる。レアンドロの両手がリーザの腰をつかまえ、ぐるっとリーザを回して自分のほうを向かせる。

「ありがたいことに、手にとげは刺さらないが、見えないとげは逆立っているらしいね」

リーザはレアンドロの顔を見上げ、口もとに残酷な欲望を見る。激しいキスに屈伏することを求めている唇《くちびる》を。

「わたし……ばかみたいなことをして……でも、この大きな部屋が、わたしをまどわせたのよ。とても立派で、とても寂しそうだったんですもの。まるで、誰かが踊るか歌うかしてくれるのを待ちこがれてるみたいに……伯爵夫人がお若いころは、大きなパーティーが開かれたんでしょう？　あれほどきれいで生き生きとしたかたが、人を集めるのがおきらいなはずはありませんもの」

「今でも好きさ。でも、あまりたびたびだと体によくないんでね」レアンドロはじっとリーザを見ると、手を取って体を離し、シャンデリアの下でしげしげとながめる。「これがきみのお手製のドレスなんだね。きみは本当に賢い子だ。それに、なんだかかわいそうな……」

「かわいそうって、セニョール？」

「これほどの才能を、ほかの人のために使わなきゃならないってことがね……きみのために、きみのドレス・ショップを作ることを考えなくちゃいけないな——そのときが来たら。きみも気に入ってくれるだろう、リーザ？」

「そんなことをお願いするなんて、とても厚かましくて……」

「ナンセンスだよ」レアンドロがほほ笑む。「最初から、一番欲しいものをあげようと約束しているだろう？　でも、まだ、その問題を相談するときにはなっていない。マドレシータは、どうやらぼくに、きみのその白い首をちょっぴり飾らせたがっている気がするんだ。一緒に来たまえ！」

「いいえ！」抗議の思いがあまりにも強くて、リーザは思わず叫んでしまう。プレゼントで、このいんちきをいっそう本当らしくしようなんて！「わたし、欲しくないんです！」

「でも、無理にでもできるんだぜ、ダーリン」あざけりの調子がたちまちもどっていた。「きみを猫みたいに抱きあげて連れていくこともできるし、書斎まで引きずっていくこともできる。もし、人に見られたら、きみは赤恥をかくぞ。どちらにする、ぼくの女友達《ミア・アミー》さん《ガ》？　おとなしくついてくるかい？　それとも力ずくのほうが好きかい？　うっかりしてた！　そんなところを見られたら、ぼくが寝室に連れていこうとしているんだと思われちまう。宝石をあげようと言っているだけなのにね。実は、もう、ちゃんと選んであるんだよ！　来たまえ！」

　リーザは手を振り払おうとする。が、ぐいっと手首をしめあげられて、声にならないうめきをもらす。「あなたって、けだものよ！」

「また大げさなことを。若い女性の欠点だな。なんでもメロドラマにしたがるんだから。きみが相手なら、ぼくにはけだものみたいな力はまるでいらないんだぞ。フロレンティーナだって、きみはもう少し太らなくちゃいけないって言ってるぐらいなんだから――でないと、結婚してから、女性をたんのうできないんじゃないかって心配してるんだぜ」

「でも、そうじゃないんですもの！」

　力ずくで書斎に引きずり込まれながら、相手の顔にたたきつけるように、リーザは言った。コルドバの革張りの壁、大きなデスク、背もたれの高い椅子――まるで審問官の部屋だ。

「どうかな――きみはとことんまで行き着くことになるかもしれん」白い歯がきらめく。

　その言葉はむちのようにリーザを打った。「そうなれば、いくらきみでもはっきり分かるだろう。男と二人だけに、まったく二人だけになることが、どんなふうか――気をつけるんだな、ぼくに自分の言葉を証明する気を起こさせないように！」

「わたし……悲鳴をあげるわ。家中に聞こえるくらい大声で」

リーザはあとずさりして壁にぶつかってしまう。革のひんやりとした感触。レアンドロの険しい目。

「この部屋は防音になっているからね――静かに仕事もできるし、召し使いをしかるときにも人に聞かれないですむからなんだが、もう一つ使い道があるな。女にどんなことをしても、悲鳴は外にもれないわけだから。きみをぶつことも、無理やり愛することもできるわけさ」

リーザはレアンドロを見つめる。この男なら、脅迫をそのまま実行しかねないわ。いにしえのエル・セラフィンの領主の血は、いにしえの欲望や性癖とともに、直系の子孫である伯爵の体にも流れているはずだから。城にムーア時代の名残が残っているように、中庭《パティオ》にも遠い日の女奴隷たちの腕輪の鳴る音がこもっているはずだった。

ぴくりとでも動こうものなら、レアンドロが跳びかかってくるに違いない。しかも、この男の残酷さは、女に暴力をふるうような単純なものではないだろう――もっと微妙な、女に身も心もゆだねることを強制するような……。

「わたしたち、まるで種属が違う二匹の猫みたいにいがみあうのね」リーザはしいて口もとに笑いを浮かべようと努めながら言った。「本当にいがみ合わなきゃならない理由なんてないのに。わたしは、あなたに毛を逆立てさせてしまうみたいだし、あなたも、わたしに毛を逆立てさせるみたい——ねえ、もうよしましょうよ」

「きみは毛を逆立てたくないって言うんだね？」

突然、レアンドロが手を伸ばして、人差し指の先でリーザの二の腕に触れ、すうっとひじの内側まですべらせる。はっと息をのむような戦慄《せんりつ》がリーザの全身を走った。

「きみは手ざわりのすてきな子猫だよ、リーザ。猫みたいにごろごろ喉《のど》を鳴らすようになるものか、ぜひとも試してみたいくらいだ」

あざけるように黒い眉《まゆ》を上げてみせると、レアンドロはくるりと背を向けて、デスクのところにもどった。リーザの体は緊張したままだった。壁にもたれると、脚が震えているのが分かった。伯爵は大きなデスクの引き出しを開けると、中から平たいケースを取り出す。

「マドレシータは、どうも、ぼくが家に伝わる宝石のたぐいをけちけちしすぎるって言いたいらしい。それで、ちょっと前、金庫を開けて調べてみたんだよ——きみの聖女さながらの小さな魂を誘惑するようなやつはないかって。いんちきの芝居のために宝石をつけるのをいやがることは、十分、承知のうえさ。でも、それで、マドレシータが幸せになれるんだよ。それに、きみだって、そのピューリタン気どりを捨てさえすれば、幸せな気分になれるはずだぜ。どこがいけない？　作りものの百合《ゆり》を描こうとしているみたいだからかい?」

「あなたが描こうとしているのは、作りものの人間関係なのよ。うそにうそを重ねて。そんなことしてると、最後に逃げ出そうというときになっても、もう首までどっぷりうそにつかって、身動きがとれなくなってしまうわ」

「少なくとも、きみの首はきれいだよ、かわい《ガ》子ちゃ《バ》ん」

レアンドロが近づいてくる。手にした首飾りの宝石が、青と白の火のようにきらめく。

「それ以上、壁の革張りに体を押しつけると、きみの人型《ひとがた》が残っちまうぜ。どっちが、そんなに気に入らないのか、本当に分からないな——ぼくに触られることなのか、それともぼくの贈りもののほうか」

「贈りものなら……返せますもの!」

「そのとおり。とすると、きみがきらってるのは、ぼくに触られることなんだな。いくら石けんで洗っても、記憶は消せないからじゃないのか?」

もう、レアンドロは目の前に立っていた。ダイヤモンドの粒を連ねた首飾りに、一つ、ハート型のサファイアが付いている。深いブルーの色合いは、リーザのはめている指輪のサファイアそっくりだった。

「歯医者じゃないが、大丈夫、きみはちくりとも感じやしないよ」

レアンドロはにやりと笑って、リーザの目を見つめたまま首飾りを首に回し、止め金を止める。それから、そっと青いサファイアを、リーザの喉のくぼみのところに置いた。

「さあ、お嬢さん、これでおしまい。指先一つ、触りゃしなかっただろう？」

「そんなに……皮肉たっぷりに言わなくても……わたし、ばかみたいにピューリタンでも、聖女さまとかでもないんですから。ただ、みすみすあなたのいんちきの網にからめとられるのはいやなだけ。家代々の宝石でわたしを本ものらしい偽ものに仕立てるのは、きっとあなたの皮肉なユーモアには訴えるんでしょうけれど、わたしには、少しもおもしろくないの」

「そうだろうな、古風なお嬢さん。きみはきっとそうなんだろう……でも、首飾りはよく似合うよ。ダイヤモンドには火と氷が同居している。そして、まだ情熱を知らない若い女にも。真珠は未亡人のほうがよく似合うって、いつも考えていたけれど……そのサファイアは昔から我が家に伝わるものでね、東方の血筋とともに受け継がれてきたわけさ。こちらのほうが古くて、指輪は後で合わせたものなんだが、母は一度も着けたことがなかった。母には我慢できない歴史を知ってたものだから」

「つまり、ハーレムの女が着けてたかもしれないってこと？」

「そう。香をたきこめた絹の衣装を着て、蓮池《はすいけ》で水浴びをし、ジャスミンを髪に飾っていた若い女がね。でも、きみがいやなのは、そのせいじゃないだろう？　きみの感受性は母とは違う。きっと、偽の関係には、偽の宝石がふさわしいとでも思っているんだろう？」

「そうかもしれないわ……模造の宝石を着けるんなら、きっとなんとも感じないわね……」

「じゃあ、そう思えばいいさ」

「そんなこと、できるはずがないってことは、あなただって分かってるでしょ、セニョール？」リーザはほっとため息をもらす。

「あなたの心のゲームに片棒をかついでしまったんだから、あなたのやりかたで演じるしかないのね。違うかしら？」

「少なくとも、ちょっぴりは楽しんでほしいな」レアンドロはなぞめいた口調で言った。

「さっき、アナやチャノと三人で帰ってきたとき、きみは生き生きとして幸せそうだった。ぼくが一緒だと、そんなに気分が暗くなるのかい？」

「小さな罪の暗さがあるわ。伯爵夫人を知れば知るだけ、あのかたをだますのがいやになるの。本当のことを言うと……」

「それで、リーザ？」

レアンドロの体がこわばり、長身がのしかかってくるような感じがする。

「ときどき、伯爵夫人は、わたしたちがゲームをしてるんじゃないかって疑ってらっしゃるような気がするの。わたしは何か……不思議な生きものでも見るように見つめてらっしゃるのに気がついたこともあるし……」

「ぼくもその目つきなら気がついていたよ。だからこそ、今夜はこの首飾りを着けてほしいんだよ。さっきも言ったとおり、きみによく似合うし……リーザ、きみだってきっと、とても美しく魅力的に見えていやな気はしないだろう？」

ふいに、レアンドロはリーザの手を取ると唇にあてた。手首の内側にレアンドロの暖かい唇が押しつけられるのを感じたとたん、もう一度、電流に似たショックがリーザの全身を走り抜ける。まるで蜘蛛《くも》の巣にからめとられたように、どのようにあがいてみても、リーザはいともやすやすと相手の意志に従わされてしまうのだった。

「それじゃ、応接間にもどろう」と、まるで本ものの婚約者のように、レアンドロはリーザの腕を取った。

「みんなが待ちかねてるぞ」

夕食はいつものように応接間の隣の食堂でとった。長いテーブルにすてきなカタロニア産のレースを掛けた上に、クリスタルや銀の食器が並んでいる。枝付き燭台《しよくだい》のろうそくが、大皿にいけたばらによく似合う。

メニューも、いつものように、純粋にスペインふうだった。皿が代わるたびに土地のワインもついてくるけれど、リーザはちょっぴり口をつけるだけにする。いまだに昔ながらの造りかたを守っているワインはかなり強い。ぶどう畑から若い処女の手でつみとられ、大きな石桶に入れて男の踊り手が足で踏みつぶす。まるで山の生活の精気がすべてワインに伝わったみたいだ――太陽、雪、無垢《むく》、そして知恵が。

食事がすんで応接間にもどると、うれしい驚きが待ちかまえていた。伯爵とその家族と客人をもてなすために、ジプシーの踊り子たちが待ち受けている。不意打ちのようにギターの音楽が始まり、歌い手が加わり、カスタネットが鳴って、ようやく踊り子が姿を現す。張りのある、しなやかな肌の踊り子は、かかとまである真紅のフリルのスカートに、白いレースの長袖のブラウス姿だ。髪も瞳も黒く、頭には大きな椿《つばき》の花を挿している。カスタネットも、ハイヒールも、まだ眠っているかのようだ。

歌声がやむと、踊り子は一人で踊りはじめる。パートナーの叫びに、いっそう駆り立てられるみたいに。そして、突然、影の中から、パートナーの姿が飛び出す。

男の踊り手は豹《ひょう》のように女の周りを回り、じわじわと近づいて、ついにはぴっちりした黒のビロードのズボンをスカートのフリルが愛撫《あいぶ》しはじめる。美しい男女は、目で足さばきで、互いに相手の気を引く。男がさっと身を沈めて片ひざをつくと、女は緋《ひ》色のスカートをひるがえして男の頭上に広げる。が、男はぱっと立ち上がると、もう女は男の手の届かないところに逃げていた。

しなやかな二匹の猫のように、二人はファンタスチックなステップを踏みながら、互いに気を引き、追いかける。ステップの一つ一つが、二人の戦いを表している――情熱と欲望を、いらだちと苦しみを、追い求める男とつかまってしまう女を。

リーザはうっとりと長椅子に座っていた。本当のフラメンコを見るのははじめてのことだ。スペインの踊りがこんなにまで感覚をゆさぶるものだとは——美と危険が一つにないまざって、炎となって燃えあがる……。

指先がリーザの肩をたたく。あぶなく叫んでしまうところだった。

「ぼくだよ……さっききみは猫みたいに跳び上がったね。フラメンコは好きかい？」

「すばらしいわ！　思ってもみなかったの、こんなに……こんなに……」

「そうだろうね。こんなに刺激的だとは……」

我慢できなくなるくらい刺激的。リーザは心の中でつぶやく。指が喉のくぼみに触れ、ダイヤモンドの首飾りをもてあそぶ。一瞬、あまりにも甘美な苦痛に、リーザは目をつぶってしまう。

ほっといてちょうだい、まねごとのゲームなのに、そんなになれなれしくしないで。リーザは頼みたかった。レアンドロも伯爵夫人が二人のほうを見ているのに気づいて、音楽とダンスに刺激されて、金髪で無垢な、けれどもあまり婚約者らしく見えないリーザに、欲望を感じているところを見せているつもりなのだろう。

そのときだった。城にフラメンコがこだましているさなかに、リーザが自分の心に気づいたのは。まるでぐさりと剣で刺し貫かれるような啓示だった。声もなく、心の中で、リーザは泣いていた——これが手のこんだまねごとではなくて、すべてが真実であってくれたら……。

リーザが憎んでいるのはまねごとのほうで、欲望を感じたふりをしてみせている男性ではなかった。

フラメンコの一行に飲みものが出される。手招きされて、今くばられたコニャック入りのコーヒーを手に、リーザは伯爵夫人のそばに行った。

「お嬢さん、今夜はとてもきれいですよ」指輪をはめた手がリーザの頬をそっとなでる。「美貌《びぼう》の悪魔みたいなわたしの孫に、きっとよくしてくださるわね。だんだん大丈夫って思えてきたわ。義理の娘がハーレムのハートって呼んでた首飾りを、あなたに差し上げたのね。彼女は優しい人だったけど、普通のラテン人と違って、地上のものへの情熱がなかったんですよ」

「今は尼僧になっていらっしゃると、うかがいましたけど」

「わたしがまるで、もう生きてはいない人のことを話すみたいな口調に気がついたのね？　わたしのような女にとっては、徳の中に閉じ込められた生活なんて陰鬱《いんうつ》に思えるのだけれど、でもレアンドロの母は、いつだって肉体の存在というより魂の存在って感じの人だったから、きっとそのほうが満足できるんでしょう……でもね、かわいい人《ベケーニャ》、あなたにはそうあってほしくないわ。たくましい男性の激しいキスが楽しめない女性と結婚しても、レアンドロは決してうまくいかないでしょう。山脈《シエラス》の息子で、太陽と稲妻が、あの子の血に流れています。わたしの誇りにしてる孫なのよ。だから、あの子にはぜひとも幸福になってほしいの。二人がすばらしい曾孫を作ってくれるのと同じくらい、わたしにとっては大切な願いなのよ」

　伯爵夫人はレースの扇をそっと動かしながら、リーザを見つめている。リーザのほうは、この心を乱す言葉から逃げ出してしまいたい衝動を、なんとか抑えるだけで精いっぱいだった。ふいに、レースの扇が止まった。

「あなた、子どもを産むことより仕事を続けることのほうを大切にする、超モダンな娘さんたちの仲間じゃないでしょうね？　レアンドロの赤ちゃんを産むのが怖くはないんでしょう？　あの子を愛してますね？」

「ええ……」

　答えは、素直に口をついた。もう、引っ込めることも、変えることも、そして自分の心を否定することもできない――ええ、わたし、レアンドロ・デ・マルコス・レジェスを愛しています。まるで、やがて結婚する相手のように。まるで相手にも愛されているみたいに。本当は、あのかたはほかの女《ひと》を愛していて、すてきな誇り高い老貴婦人に認めてもらえないことが分かっているので悩んでいるだけなのに。

「それはよかった。お嬢さん、とてもすてきなことですよ！」扇が再び動きはじめる。

「二人の間の愛が、幸福な子どもを作るんです。子どものころ、レアンドロはいつも幸福だったとは言えないの。両親の間に愛が欠けてることに気づきもし、言い争いを聞きもし、やがてはうわさが耳に入りもしたでしょう。でも、やっと、あの子も幸福になるときが来たのね」

伯爵夫人は孫をじっと見つめる。応接間の向こう側で、チャノと、さっき踊った若いジプシーと、三人で話し込んでいる。レアンドロが一番長身で、鷹《たか》を思わせる。ここのすべてのあるじにふさわしい威厳があった。

突然、感情の大波がリーザをさらい、心と体をもてあそぶ。身を焼きつくすような熱い思い。求められもせず、見つめられもせず、しかも相手が愛し求めている女性がいることを知っていながら、なおもなまなましい、身も心も酔わせるような思いがあった。

「あなたがあの子を愛してると思うと、楽しくなってくるわ」

伯爵夫人が意味ありげな口調で優しく言った。

「この間は、わたし、ふと……でも、老人はいつも若者にちょっぴり疑いを抱くものですものね。きっと、年をとるにつれて、突然若いころの記憶が鮮やかによみがえるようになるからなのね。中年の間は、女にはすることがたくさんありすぎて、とても思い出にふける暇なんてないの。でも、日が傾いて影が長くなりはじめると、記憶も今一度長くなっていくのね。そして思い出すのは、若いころの思い違いや、無分別や、疑惑なの。若い女性が論理的なことってめったにないわ。論理は年をとることのたまものですもの。あなたの疑惑は何かしら、ペケーニャ？　スペイン人の夫は暴君になるんじゃないかってこと？」

リーザは黙り込んだままだった。事実、この質問には答えられなかった。伯爵夫人がそっと冷やかすように笑った。

「あの子はいかにも男っぽい男でしょ？　でも、だからこそ、あの子が婚約者だと言ってここに連れてきたかもしれない、もっと積極的なタイプの女性より、あなたのほうが有利になるんですよ。イギリスの娘は夜のとばりが下りてはじめて花開きます。強い感受性は、かならず、自然と深い共鳴をするものなんです……これからもきっと、レアンドロが強引に振る舞って、まったく別の人間みたいに見えることが何度もあるでしょう。まるで稲妻と嵐が吹き荒れているみたいになって。それも、いかにもラテン人らしい特徴なのよ。でも、怖がったりしちゃだめ。だって、また別のときには、魅力そのものの人間になって、あなたの心に太陽の光を注ぎかけてくれるときもあるんですから。太陽の光のためになら、嵐に耐えるくらい、なんでもないことでしょう？」

ええ、おっしゃるとおりよ、とリーザは心の中で答える。レアンドロは愛する女性をいろんなやりかたで圧倒するだろう。そして、稲妻に耐えた女性だけが、そのあとで優しいレアンドロを見出《みいだ》すことになるのだろう……。

「あなたはまだ若いから、ちょっぴり愛におびえているのよ」伯爵夫人がつぶやく。

「でも、女はそうでなくちゃいけないの。女のそういう性格にこそ、男は抵抗しがたい魅力を感じるものなのよ。レアンドロもきっと、あなたにそういう受け身のところがあるのを感じてるわね。それが気に入ってるからこそ、あなたにそのサファイアを贈ったのよ。母親が好きだった真珠のほうじゃなくて……こうして見ていると、とても楽しいわ」
もう一度ジプシーがギターを奏で、沈鬱《ちんうつ》だが心に訴える歌が流れはじめる。伯爵夫人が歌詞の意味をリーザに翻訳して教えてくれる。

愛はオリーブの木。
銀と影の部分が混じり合い、
根を深く過去に持ちながら
現在に果実をつける。

愛は白い鳩《はと》。
そしてまた赤いルビー。
岸辺の岩に襲いかかる
荒れ狂う海。

愛は椰子《やし》の木のように高く、

クッションのように低い。
そして女の涙の中から
鳥のさえずりが聞こえてくる。

色彩の豊かな、すてきな歌詞だが、遠いムーア人の時代のこだまも漂っている。リーザはくつろいで、目を喜びできらめかせながら、ジプシーの歌に聞き入っていた。このお城に別れを告げるとき、今夜のことが一番すばらしい思い出として残るに違いない、そう考えながら。

魔法の世界のような、すてきな夜だった。伯爵夫人はいつもより遅く、寝室に向かった。レアンドロがエスコートしていく。リーザも自分の寝室にもどって、ベッドを整える。そのとき、ドアにノックがあった。アナがおしゃべりにきたのね、チャノのことじゃないかしら？　リーザは部屋着をはおると、ドアを開けた。

すっかりうろたえてしまう。レアンドロだった。しかもイブニング・スーツを着たままだから、自分のほうは裸同然みたいな感じだ。リーザはあとずさりしながらシフォンのネグリジェの前をかき合わせる。顔もメイク・アップを落とした素顔だし、髪もといて肩に垂らしたままだった。

「あの……何かご用ですの？」

「きみに用があると怖いのかい？」

レアンドロは片手を上着のポケットに入れたまま、部屋に入ると、もういっぽうの手でドアを閉める。実にさりげない素振りだけれど、目のきらめきを見れば、ただリーザに落ち着きを失わせるためだけにやってきたのではないことが分かる。

ちらりとリーザを見やると、ベッドの足もとのビロードのスツールを指し示す。

「座ってくれないか、リーザ。きみに話があるんだが、それには、きみが座っていてくれたほうが都合がいい」

リーザの心の中に、ぱっと警戒警報のランプがともる。体を硬くしながら、身を守るように、レアンドロの申し出を切り返す。

「わたしのほうこそ、あなたが座ってくださると助かるんですけど、セニョール。まるでのしかかるように立ちふさがられると、わたし、審問官の前に引きずり出されたみたいな気持ちになってしまうの。お願いよ」

リーザは椅子の一つを指し示すと、自分も腰を下ろす。脚から力が抜けてしまい、いくぶん不安だった。

「よろしい！」

レアンドロも腰を下ろす。視線を避けることができなくて、リーザは思いきってレアンドロの目を見返した。何かを決心している様子だけれど、いよいよわたしを送り返すのかしら？

「チャノがマドリッドから何通か手紙を持ってきてくれたんだが、その中の一通は城には送ってほしくない手紙でね。召し使いの誰かに封印が目にとまって、マヌエラに伝わりでもしたらたいへんだから。きっとマドレシータに話すだろうし、そうなると、ぼくがマドレシータの主治医と連絡をとってることがわかってしまう。スペインでも最高の医者の一人で、一番信用できる人なんだよ……。

でも、その話をする前に、きみがどれくらい、エル・セラフィンが気に入ってくれたか、知っておきたいんだよ。春にここにいてくれたら、そう思わずにはいられないのにな。山脈の裾《すそ》野は野生の芍薬《しゃくやく》で埋まり、太陽は夏のように強烈じゃなくて、とても優しい。なぜか、きみは春の娘みたいに思えるしね。若くて、優しくて、不安定で……」

レアンドロは身を乗り出すようにして、リーザの視線をしっかりとらえる。目をそらすことなど、とてもできなかった。リーザは熱心に相手の言葉を聞いていた。ただのおしゃべりをしているのではないことはよく分かった。それどころか、今夜ずっと、粋なマナーの陰にレアンドロが隠していたものが、いよいよ表に出てこようとしていると思う。

「きみはエル・セラフィンが好きかい？」

「誰でも好きにならずにはいられないでしょ？」

「そして、伯爵夫人のことも好きになっている、そう考えていいね？」

「ええ……でも、まるで審問みたいじゃないの？　なぜか、理由を教えていただきたいわ」

「もちろん教えるよ。でもその前に、この質問に答えてほしい。ぼくがきみの手に触れると、いつもきみは逃げ腰になる。まるでぼくがかみつこうとしているみたいに。きみはどの男に対してもこうなのか、それとも、ぼくに対してだけなのかい？　何かぼくに……なじめない性格があって、それできみはいやなのか、それとも、むしろ怖いのかい？　率直に答えてほしいんだよ、セニョリータ」

「置かれてる環境によりますわ、セニョール。どちらか、なんて問題じゃないんです……」

リーザの指はネグリジェのえりを食い入るように押さえていた。まるで胸の鼓動を隠そうとでもしているように。そうよ、あなたはわたしを怖がらせるわ。でも、それは、あなたがきらいだからじゃないの。

なぞめいた表情を浮かべ、黒髪がわずかに額にかかって、目の前に座っているレアンドロには、今までと違って、温かみがあり、押しつけがましいところがない。何か心にかかることがあって、重荷をおろしたがっている感じがする。でも、わたしがいやがっていると思い込んで、きっと冷酷な返事をするに違いないと身がまえているとでも？

「この状況こそ問題だ――ぼくはきみに、そう言うしかないな」たちまちレアンドロの表情は、厳しいくらい真剣になった。目じりの小じわがくっきりと濃くなった感じがする。

「主治医からの手紙では、マドレシータはとうてい重大な心のショックには耐えられないらしい。きみも知っているし、ぼくはなおさらはっきり分かっているけれど、マドレシータは近い将来にぼくが結婚するのを見届けようと心に決めている……。やたらに気をもんで、不平を言ったり、頼み込んだりしているのもね。この問題でぼくが譲歩しなかったら、マドレシータはきっと、墓に入ってしまうだろう。主治医はこの重荷をはっきりぼくに押しつけてきたんだよ。そこで、幸いにしてぼくは、女性に爵位と、城と、決して苦しくはない暮らしを提供できる立場にある。だから、角をもって牛を押さえつけるような危険をおかして、ぼくはきみに提供したいと思うんだよ、リーザ。つまり、仮装芝居を現実にしたい。きみに、ぼくの妻として、エル・セラフィンにとどまってほしい」

思いもかけないプロポーズだった。リーザは一言も口がきけなくなって、じっとレアンドロの顔を見つめるばかりだった。ただ胸の鼓動だけが、レアンドロにも聞こえるくらい高い。

きっと冗談を言ったんだわ。今言ったことが本気だなんてとても思えない。レアンドロの妻に、マルコス・レジェス伯爵の、愛されてもいない妻になれだなんて。

「まさか……本気じゃ？」

「本気だとも、どうして結婚しちゃいけない？　毎日、結婚する人びとはいるじゃないか。だったら、なぜ、ぼくがしちゃいけない？　なぜ、きみとぼくが結婚しちゃいけないんだい？」

「わたしたち、愛し合ってません！　あなたは……わたしにおっしゃったわ……」

「なるほど、ぼくが何を言った？」

「あなたはほのめかしていらしたわ、セニョール。ほかにどなたかいらっしゃるって。だから、わたしには分かりません——あなたがそこに座って、申し込みなさるなんて……わたしが……いえ、わたしたちが……」

「ぼくの妻になるのは、絶対にできない相談だって言うのかい？　きみがスペインに来たのは、新しい生きかたを探すためじゃなかったのか？　だったら、現実にスペインの暮しそのものの一部になりきることは、それこそ心躍ることじゃないか。エル・セラフィンのみんなにとって、ぼくらはすでに、今にも結婚にゴールインしそうなカップルなんだぞ。だから、ぼくと、もう後へは一歩も引けない一歩を踏み出したっていいじゃないか？　きみの目には、ぼくは夫として、そんなにふさわしくないと映っているのか？」

「あなたはわたしを愛してらっしゃらないんですもの、伯爵。ですから、わたしこそ、たちまちあなたの目には、妻としてふさわしくないと映るようになるにきまっています」

リーザは真っ赤になる。意志でとめることは不可能だった。リーザにとって、妻という言葉は、あまりにも多くの意味を持っていたので——パートナーであり、同志であり、愛人であるはずだった。

「お母さまの結婚生活がどんなにみじめなものだったか、ご自分で話してくださったでしょ？　それも、恋愛結婚じゃなくて、とりきめの一部だと、ご自分のことをお考えになるしかなかったからじゃないのかしら？」

「母は、大きくなって分かったんだが、地上の愛の喜びを求めてはいなかった……」

「やめて、お願いですから。もう、聞きたくありません！」

怖がっている子どものように、リーザは両手で耳を押さえる。とたんにレアンドロが立ち上がって、リーザに覆いかぶさるようにして、無理やり手を耳からどかすと、しっかり両手をつかまえたまま、後を続ける。

「きみは母とはまったく違う。ぼくは城でのきみを注意深く観察してきた。ものに触り、その存在感を、由来を、珍しさを楽しんでいたね。きみはいつも、具体的な形のあるものが好きだ。ついこの間も、きみが太陽に暖められたすいかずらに顔をうずめているのを見たよ。まるで、すいかずらのぬくもりと香りを、きみ自身の中に取り込もうとしているみたいだった。きみは官能的な若い娘だよ、リーザ、たとえきみ自身ではそのことに気づいていなくても……。

母は見るからに天上界の人だった。でも、男たちは、間違って思い込んでしまったんだね、母も地上のものに触れたがり、知りたがっていると。ぼくらはみんな、ぼくらの生まれつきをどうすることもできないんだよ、ペケーニャ。聖女は石の壁に守られて、肉体的に接触しないですむ限り、全人類を愛することができる。でも、きみは違う。それくらいのことが分かるには、もう充分すぎるくらい、ぼくも経験をつんだもの。今すぐ証明することだってできるんだよ、リーザ――きみは温かで、とても女性らしく降伏するってことをね」

経験はともかく、世間を知らないわけではないリーザには、相手の言葉がはっきり分かった。たちまち、両腕に力をこめて、手を離そうと必死にもがく。が、もう手遅れで、かえって相手を挑発《ちょうはつ》してしまったらしい。レアンドロはにやりと笑ってリーザを見やり、次の瞬間にはぐいっと手を引いて立ち上がらせると、もう逃れようもなく、ぴったりと腕の中に抱きしめてしまった。

二つのことが一瞬に起きた。ネグリジェの前がはだけて、痛いほどレアンドロの体に密着させられてしまう。強烈な戦慄《せんりつ》が全身を走り抜けて、まるで感電してしまったように、なすすべもなく唇を奪われてしまう……。

心の片隅で、リーザはぼんやりと考えていた。世の中には、キスだけで純潔を奪うことのできる男がいる、と。ようやくレアンドロが唇を離し、じっとリーザの目に見入る。リーザはもう二度と無垢な娘だとは思えないと感じる。一種の恥辱感があった。相手の顔に爪を立てようともせず、相手の脚をけとばそうともせず、相手のキスに心を閉じようともせず、やすやすとキスを許し、そのキスのせいで今もなお、爪先から骨の髄まで、痛いほどの戦慄に震えているのだから。

抗議の意志を示さなくては！　痛みに耐えて体を無理やり離すと、リーザは片腕を振り、相手の頬の鳴る音と手の刺すような感覚とで、自分がレアンドロを平手打ちしたことを知った。

悪いとは思わなかった。うれしかった。きっとレアンドロは一度も平手打ちをくらったことなどないはずだから、これで分かったでしょうとも――わたしは無理やりキスされてもあきらめるくせがついてる娘なんかじゃないってことが。

レアンドロは燃えるような目でリーザを見つめたまま、あざけるようにぐいっと眉を上げて、頬に触った。

「きみがかわいい氷の女なんかじゃなくて、炎を隠していることは前から分かっていたよ。きみが今考えていることとは逆に、ぼくはきみの反応のしかたに怒ってなんかいない。それどころか、今までよりずっと自信が持てたよ――ぼくらの結婚は、決して似合いじゃないとは言えないってことにね。ぼくら二人にとって、充分おつりがくる反応のしかただった。夫と妻が、保護者と養女みたいに、上品な夫婦のふりをする結婚なんて、ぼくは真っ平だからね。ぼくは何よりもまず、自分の欲望のために妻が欲しい。そして、祖母がどうしても一目見たいからと人生にしがみつく曾孫を持つために、妻が欲しい。ぼくはすぐにも結婚するつもりだからね」

「あの女のかたはどうなるの――あなたが本当に愛してらっしゃる女のかたは？」

リーザは尋ねないではいられなかった。自分も相手と同じに気が狂ったようになって、こんな分別のない求婚を受け入れたりしない前に、この狂気に終止符を打ってしまいたい。

「本当にご自分が望んでらっしゃるかたをあきらめてしまうおつもり？　こんな常軌を逸したたくらみのために。本気でわたしが、そんな結婚に同意すると思ってらっしゃるの？　自分はただ、あなたとお祖母《ばあ》さまに、かけがえのない未来の輪を作るための手段にすぎないと知っていながら……わたしをどんな女だと思ってらっしゃるの、伯爵？　本気で物質的なものだけあれば、結婚できる女とでも？　わたし、激しく愛した人とでないと……」

「そういうことなら、きみにぼくを愛させればいいんじゃないか。ペケーニャ？　ほかの女たちは、もちろん捨てることになる」

「そんなに簡単なことなんですの？　愛なんて、あなたには、たいした意味がないみたいですわね。セニョール？　どうやら、あなたにとっては、愛はただ肉体だけのことみたい。心のほうは、そのときの気分次第で、電灯みたいにつけたり消したりできるのね？　熱くも冷たくもなれますのね？　それがラテン人の愛しかたなのかもしれませんけれど、あいにく、わたしはイギリス人で……」

「きみがイギリス人だってことは、百も承知さ」リーザが部屋着の前をかき合わせるのを見て、いたずらっぽいきらめきが目に宿った。「だからこそ、ぼくのプロポーズを考えてみるために、ほんの少し時間をあげよう。ほんの少しだよ、セニョリータ。あまり長くなると、マドレシータが心配して、気をもみすぎるとたいへんだから」

「伯爵夫人についてなら、あなたのジレンマはよくわかります」声がかすかに震えた。「離婚したことのある女性を連れてらっしゃるのは難しいだろうってことも……でも、そのすき間を埋めることをわたしに期待なさるのは、フェアじゃないわ。わたし、あなたに屈伏なんか……」

「さて、どうかな」

唇がぎゅっとゆがむ。指がまたあごをなでている。

「ほかの何よりも、きみのファイティング・スピリットがぼくは好きだな」

冷やかすように軽く頭をさげると、レアンドロはドアに向かう。長身で、しなやかで、いつも自分の意志を通してきた男の足どりで。リーザは最後の一矢を報いないではいられなかった。

「きっとあなたのお城から抜け出す方法を見つけますわ、セニョール。わたし、ここの囚人じゃないんですもの！」

レアンドロがちらと振り向く。もう一度その顔を、あのいたずらっぽい目を見ただけで、もうリーザの心はゆらいでしまう。ドアが閉まったとき、リーザは自分の挑戦の言葉がどんなにむなしいものであったか、はっきり知った。確かに、レアンドロの囚人だった――激しく波立つ胸は、そのことをはっきりリーザに教えていた。

7

その夜はベッドに入っても、遅くまで寝つけなかった。が、ようやく眠ったと思うと、よほどぐっすり眠ったらしく、目を覚ましたとき寝室は陽光の洪水《こうずい》だった。

シャワーを浴び、スリーブレスのブラウスとタンジールふうのスラックスに着替えて、アナとチャノを探しに階下に下りた。けれども、二人は朝早く、ランチを持ってピクニックに出かけたとのこと。二人だけになりたいのは当然だから文句はないが、前の晩、夢みたいなプロポーズをした城のあるじと二人、取り残されたことになる。

中庭《パティオ》でコーヒーを飲みながら、リーザは憤然と心の中で叫ぶ――そんなにやすやすと降参するものですか、と。あのキスだって、レアンドロにとっては、一つの実験にすぎなかった。リーザを自分の思いどおりに反応させ、屈伏させてしまえることを証明する手段にすぎなかったのだから。

車の所在をつきとめて、できるだけ早く、この城を出よう。婚約者のまねをするだけでも、こんなに危険だったのに、本当に婚約しようという提案には、どんな落とし穴が待ち受けていないとも限らない。真っ逆さまに落ち込まないうちに逃げ出さなくては！

リーザはもう一杯コーヒーをつぐ。が、食べもののほうには、手が出せなかった。もし、伯爵の形式上の妻になることに同意したと考えてみよう。レアンドロはフランキスタを愛人にするに違いない。先代が愛人を持ち、妻より大切にしたように。フランキスタはエル・セラフィンで伯爵の妻の座に座るより、マドリッドで伯爵の愛人になるほうがいいのかもしれない。大都会の魅力からはるかに遠いこの村では、村人まで古風だから、城の女主人には堅苦しい端正さを求めるに違いないからだ。

冷静に見直してみると、この新しい事態は、レアンドロにとって実に好ましいことが分かる。祖母には真相を知らせなければいい。レアンドロだけが、二つの世界の最良の部分を味わうことになる。ここでは山間の静寂な暮らしを、マドリッドでは都市の陽気な生活を――そして仕事の中心はマドリッドだから、もちろん、たいていはマドリッドで暮らすことになる。

リーザは立ち上がって、中庭をせかせかと歩き回る。レアンドロは、結婚は名目だけのことだとさえ言おうとはしない。きわめて率直に、自分の愛撫《あいぶ》に反応しろと言い、やがてはマドレシータがあんなにも待ち受けているレアンドロの子どもを産んでくれとも言う。

でも、レアンドロが知らないことがある。決して知られてはならないことがある。わたしがすでにレアンドロの魅力にとりこになっていることだ。もし、レアンドロに知られてしまったら、もう、ここから出ていけなくなってしまう。レアンドロは経験豊かで、女性を知っているのだから、わたしの感情を燃えあがらせて、この世でただ一つのもの――彼しか求めなくさせることくらい、いともたやすいに違いない。

でも、今は？　少しでも城を離れて、一人で脱走の計画を練らなくては。そうだわ、海岸に行こう！　水着なら部屋に持ってきている。十分もあれば、レアンドロに見つからずに城を抜け出せるだろう。まだ、馬でオリーブ畑の見回りに出かけたままだから――エル・セラフィンで、レアンドロのくつろいだ姿を見ることはめったにない。もしかしたら、フランキスタがいなくて寂しいせいではないだろうか？

唇をかんで、リーザは階段を駆け上がる。もしレアンドロがフランキスタのことを思っているとしたら、若い、経験のない妻を相手に、どんなふうに振る舞うのだろう？　部屋に入る。鏡を見る。頬が赤い――今まで、リーザにとって、愛のイメージは夢の中の情景のようにとりとめがなかったけれど、はじめて、具体的に、レアンドロを相手に思い浮かべたせいだった。

女性は愛している相手とでないと情熱を楽しむことができないという。でも、男性は違う――たとえば昨夜のレアンドロのキス。レアンドロなら、愛していなくとも、リーザを奪うだろう。

耐えられないわ！　リーザは心の中で叫ぶ。

ほかの女性への愛の激情を静めるために抱かれるなんて！　熱情を冷やすための情熱の一時間。その結果、マルコス・レジェス家の爵位と領地を継ぐための息子を産ませるだけなんて！

水着と大きなトルコ・タオルをつかむと、急いで城を抜け出し、はるかにきらめく青い海に向かって庭園を走る。

浜辺に下りる道は、断崖《だんがい》に刻んだ百段もの石段だった。けれども、浜辺に立つと、やはり来てよかったと思う。鳥の声、波の音、そして自分一人の海。

背の高い岩陰に走って、手早く服と下着を脱ぎすて、水着に着替える。サンダルを脱ぎ、熱いビロードのような砂を踏んで海に向かう。

驚いたことに、水はひどく冷たい。体を暖め、早く水の冷たさに慣れようと、リーザは力をこめて水をけった。海は静かで明るい。

リーザははるか沖合いの岩を目標にして、見えない相手と競泳しているみたいに、力強く泳いでいく。泳ぎ着いてみると、岩は思ったよりも大きかった。振り返ると、ほとんど一キロ半ばかりも泳いだことが分かる。断崖の上に、カスティーヨはまるで童話のお城のように、ちょこんと乗っかって見える。

あの城の女主人になったら、どんな感じかしら？　召し使いに命令を与え、伯爵の客をもてなし……。

いいえ、決して手に入りはしない蜃気楼《しんきろう》よ。現実はただ一つ、レアンドロはわたしを愛していないってこと。そして、相手の愛がなければ、そのほかのことになんの意味があろう……。

ふいにリーザは体を震わせる。ぬれた体に吹きつける風は、冷たいと言ってもいいくらいだ。リーザは海に飛び込み、海岸を目ざす。

半分ほど泳いだ後、突然、左脚が引きつって動かなくなる。リーザはもがき、塩水を飲み込んでしまう。次の瞬間には、あえぎ、息をつまらせながら、必死で手足を動かそうとしていた。

が、左脚を伸ばそうとするだけで激痛が走り、目がくらむ。パニックに襲われて、こういうときの心得など、どこかに吹っとんでしまっていた。

喉《のど》をしめつけられるような悲鳴がもれる。もがけばもがくだけ、水を飲み、痛みをますばかりだ。もう、自分で自分の体をどうすることもできない。リーザははっきり悟った。絶望しながら、わたしはおぼれて死ぬんだと。安全な浜辺からはるかに遠く、こんなふうに、異国の海で……。

今一度、リーザは叫ぶ。ずきずきする頭が暗黒にのみ込まれようとするとき、一つの名前を。喉いっぱいの海水に息をふさがれ、何かにぐいぐいと冷たい水の底へと引きずり込まれながら。見えない鉤《かぎ》が、左脚のこむらにかかっている……。

突然、上体にも鉤がかかったらしい。リーザは狂ったように暴れる。言葉が聞こえるが、痛む頭では意味がくみとれない。次の瞬間、あごにパンチをくらって、リーザは気を失い、動かなくなる。何も感じず、何の苦痛もない……。

熱い砂に投げ出され、唇《くちびる》に焼けるような味を感じて、もがきながら、リーザは目を開く。浅黒い顔が見える。指で唇にぬりつけているのはブランデーだ。本能的に、リーザの舌はぬくもりを求めて、ブランデーを、指をなめる。

「好きなんだろう？　さあ、もっとあげよう。これで、海水を吐いちまったし、もう大丈夫」

レアンドロはリーザを片腕で抱きおこし、ブランデーのポケットびんをふくませる。一口飲むと、喉が焼けるように痛い。やっと、レアンドロが海水をすっかり吐かせてくれたらしいことに気づく。

手足はぼろくずがつまったように動かず、言葉も出ない。リーザは目で尋ねる。レアンドロはにやっと笑って、まだずきずき痛むあごに触った。

「農園から馬で帰る途中、崖《がけ》の道を下りていくきみを見たんだよ。水着を持っていることも分かった。ぼくもすぐ後を追って泳ぎにいく気になってよかったよ……きみはしょっちゅう、こむらがえりをやるのかい？　きみがもがきはじめたとき、きっと、それだと思った。ここは水が冷たいから、鮫《さめ》はいないからね……でも、きみはきっと、ぼくを鮫だと思ったんだろう？　それも、ごく獰猛《どうもう》な。きみに泳ぎついたら、それまでよりもっと必死で暴れたもの。そうだろう？」

　怒りと気遣いのまじった手で、リーザの額からぬれた髪をどける。

「こむらがえりだけど――前にやったことはあるの？」

「一度も……」リーザは首を振った。声はまだしわがれて、震えている。

「きっと、沖の岩の上で体を冷やしてしまったせいだと思うの。ずいぶん、ぼんやりしてたみたいだから。そのせいで、帰りに脚が……怖かったわ、とっても。これで一巻の終わりかと……まあ、あなた、わたしをぶったのね！」

「きみがむちゃくちゃに抵抗したから、やむをえなかったんだよ、かわいい人《ベケーニャ》。少しは気分がよくなったかい？　城に連れて帰っても大丈夫なくらい」

「大丈夫と思うけど……」リーザは無理に上体を起こす。とたんに世界がぐるぐる回りはじめ、リーザはレアンドロの裸の肩にしがみつき、力なくレアンドロの胸にもたれてしまう。

「もうしばらく、ここにいさせてちょうだい」

「だめだ、風邪を引いちまうぞ。できるだけきみの体はふいておいたけど、熱い風呂に入って、二、三時間はベッドに横になっていなくちゃ」

　レアンドロは立ち上がり、リーザを引っぱって立たせると、次の瞬間には抱きあげていた。無意識に、相手の首に両腕を回している自分に、リーザは気づく。

「まさか、このまま連れて帰るつもりじゃないでしょう?」リーザはあの長い石段を思い浮かべる。

「レアンドロ、無理よ！　ちょっと待っててくだされば、力がもどってきますから……」

「崖の下に別の道があるんだよ。昔使ってた地下室への道がね。きみにも見当がつくと思うけど、大昔、ブランデー好きの先祖がいてね、スペインのブランデーよりフランスのブランデーのほうがうまいものだから、密輸してたんだな。さあ、こっちの道だ」

「わたしの服！　岩の陰に置いたままよ！」

「誰か取りにやらせるさ」

レアンドロは断崖の円い洞穴《ほらあな》に向かう。入口を隠すように並んでいる岩。洞穴に入ったとたん、視界が暗くなって、リーザはレアンドロの肌のぬくもりを意識する。突然、胸の高鳴る思いがあった。密輸品を隠す洞穴に、レアンドロと二人っきりでいるという、まるで冒険をしているような感じも。

すぐレアンドロは古い扉を見つける。蝶番《ちょうつがい》をきしませながら開けると、明かりをつける。ワイン・ボトルの並ぶ木製の棚。汚れた荒壁にもたせかけてある樽《たる》。垂れさがる蜘蛛《くも》の巣。片隅で何かが、慌てて姿を隠した。

「気分はよくなったかい?　まだ顔色は青いけど、息づかいはずいぶんしっかりしてきたみたいだが」

「とてもよくなったわ。ありがとう、セニョール。もう歩けますから……」

「いや、通路を抜けるだけでいいんだよ。そして、石段をいくつか登ると、ちょうどいい具合に、城のホールに出るってわけさ」

「浜辺まで、あんなにたくさん石段があったのに……セニョール」

昨日の夜のことがあり、今朝は生命を助けてもらったのに、リーザは息づまるような恥ずかしさを感じて、レアンドロの名前を呼ぶことさえできなかった。ちらと冷やかすようなまなざしを投げると、レアンドロはアーチ型の天井の通路に歩み入る。

「きみが庭から浜に下りたからさ、セニョリータ。庭は一対の飾り石段をいくつも組み合わせて、しだいに高くなっているんだよ。木立や花のせいで、ほとんどが気がつかないんだけれど。自慢の庭なんだ。世界中の植物がある。マルコス・レジェス家の誰かが旅行すると、かならずその土地の草木や木を持って帰ることになっているからね。ぼくのはイギリスの赤いばらとあじさいだけど、気がついたかい？」

「わたし……急いでたものだから……」

「なぜだい？　なぜそんなに急いだの？　ぼくに会うのが怖かったから？」

「そうかもしれないわ」

ちょうどいい具合に、そのとき、二人は城のホールに出た。

「セニョール、もう一人で大丈夫です。わたしを自由にしてくださりさえすれば」

「きみを自由にするつもりはないさ」

間違いなく二重の意味がこもっていた。レアンドロはホールを横切り、階段を上がり、リーザの部屋の前まで来て、ようやく下におろしてくれる。

「スペインの男が、娘の肉づきがよくないことを神に感謝するなんて、はじめてのことだな……じゃあ、すぐ女の子に行かせるからね。熱い風呂に入れて、きみをベッドに寝かせるまで、ちゃんと面倒を見てくれるだろう……」

「セニョール、わたし、自分のことは自分でできます。ですから、お手伝いはいりません……」

「ちょっと前は、できなかったくせに……いいかい、スペインでは、ぼくらは互いに助け合う。そんなに何もかも一人でやろうとしちゃいけないよ、女友達《アミーガ》さん。熱い湯に入って、少し休んで、恐ろしい事故のことを忘れるようにするって約束するんなら、一人にしておくけど」

「約束します」

レアンドロが行ってしまうと、リーザは喜んで言われたとおりに熱い風呂に入った。ベッドのそばでぬれた髪をタオルでふいていると、ドアにノックがあって若いメイドが入ってくる。手に持った小さな盆に、銀のカップがきらめいていた。

「伯爵さまが、セニョリータは浜辺で小さな事故にお遭いになったとおっしゃったものですから、これをお持ちしました」

メイドがカップを手渡す。たちまち何種類かの薬草とアルコールの入ったホット・レモネードの香りがリーザを包む。飲んでみると蜂蜜の味もあった。

「おいしいわね！」

「はい、セニョリータ」若いメイドは主人の婚約者をしげしげと見て、微笑を浮かべる。「ドニャ・マヌエラの特別のお薬ですもの。さあ、ベッドにお入りください。その後でカーテンを引きます。枕はこんなふうでよろしいですか？」

「申し分なしよ、ありがとう」

リーザのまぶたはもう重かった。きっと眠り薬も入っていたのだろう。甘美な気だるさが、リーザの神経をときほぐしていく――暗黒から引き上げてくれたレアンドロの手。抱かれていたときの肌のぬくもり……とても抵抗できそうにない安らかさ……。

それから数日の間、レアンドロと二人だけになる機会がなくて、リーザはほっとしていた。事故のことも伯爵夫人の耳に入らないですんだらしい。でなければ、きっとおこごとをもらっていたはずだから。

マヌエラの分別に、リーザは深く感謝する。ほかの人たちのラブ・アフェアのすぐそばにいながら、自分ではそのドラマに決して登場することのない善良な人。

でも、アナは、マヌエラも若いときには恋人がいたのだけれど、貧しかったのでメキシコに行ってしまったと教えてくれた。恋人が一財産つくったときには、マヌエラは伯爵夫人と親しくなりすぎていて、もう離れられなかったのだという。

マヌエラは充分幸せそうだけれど、でもこのごろ、リーザは、愛してくれる男性がいなくて、女は本当に幸福になれるものかどうか、迷いはじめていた。もう遠い昔のことのように思えるロンドンの毎日では、ちらと頭をかすめる疑問にすぎなかったのに。

レアンドロに魅せられていることは認めるしかない。そして生命を救ってもらったからには、新たに好意を持たないではいられなくなっている。きっと、レアンドロを英雄視してしまっているのだろう。でも、だからといって、結婚を無理じいされなければならないってことにはならないわ。レアンドロにとっては、ただの便宜上の結婚にすぎないのだから。マドリッドの人をあきらめることなしに、義務を果たす、かなり安易な道にすぎないんですもの。

なんてうまい話でしょう、レアンドロにとっては！　若い妻はエル・セラフィンに置いておく。すぐにも子どもを作る自信だってあるのだろう。そうしておいて、自分は陽気で刺激的な暮らしをマドリッドで、本当に愛している女と楽しめるわけだから。

もの思いにふけっているリーザの耳に、タイルを打つ足音が近づくのが聞こえる。それだけで誰か分かって、リーザはたちまちブーゲンビリアの花陰に隠れる。けれど、むだだった。レアンドロは真っすぐリーザのところに来て、逃げ道をふさぐように立ち止まった。

「やあ、ここにいたのか！　ずっときみを探してたんだが、まさか隠れんぼうをしているとはね」

絹のシャツから浅黒い胸がのぞき、ダーク・ブルーのズボンのポケットに両手を突っ込んだままだ。あまりのたくましさに、リーザははっと息をのんだ。カリブ海の島の総督だったこともあるという、マルコス・レジェス家の歴史を思い起こす。

あの美しいフランキスタでさえ、この男を完全に征服してしまったわけではない。家名への義務を無視させ、伯爵夫人の生命を危険にさらす行為にまで踏み切らせることはできなかったのだから。フランキスタでさえ、家のことを片づけて帰ってくるまで、じっと待たされている愛人でしかないのだから。

じっとリーザを見つめたまま、伯爵は落ち着いて、ポケットからたばことライターを取り出す。一本を抜き取り、口にくわえ、火をつけて、格子に肩をもたせかけて煙りを吐き出す。

「この間、話したことだがね、もう言いのがれはできないぞ。いくらぼくから隠れてみても、そんなことで、ぼくが妻になってくれと申し込んだことを忘れさせることなどできやしない。今、返事を聞きたいね。おあつらえ向きにロマンチックな環境だと思わないか？

ブーゲンビリアの花に囲まれて、パティオの泉からは涼しい水の音が聞こえてくる……」

レアンドロは左手でたばこを口もとに運ぶ。リーザは相手の動きから目をそらすことができない。このスペイン人のたばこのすいかたは、ひどく肉感的だ――いや、まなざしも、唇も、身ごなしも。

「きみは特別ここが気に入ってるらしいな。ねなしかずらが藤色の花を開く下には半獣聖パーンが寝そべり、パティオの壁にはきだちとうがらしが赤い実を実らせ、西洋ねずの木陰には小さな石の塔がある……考えてもみたまえ、ただの一言で、これが全部きみのものになるんだよ。ここもほかのものも」

「そして、あなたも！　何よりもあなたがよ、セニョール。わたし、決してそのことを忘れないってこと、覚悟しておいてちょうだい。たとえ、わたしが支払わねばならなくなるとしても……」

「どんなコインで支払うつもりなんだ！　ここで清算をするつもりなら、何もかもはっきりさせようじゃないか。きみは支払わねばならなくなると言う。コインはきみの貞節ときみの体だ――そう考えていいんだね？」

「ええ」リーザはわずかに頬を染める。

「あなたは愛がなくて結婚なさっても、相手の女性にはすべてを要求なさるかたよ。あなたに義務を守らされるわ。それに、万一、相手の女性があなたの名前をけがそうものなら、きっと首をへし折っておしまいになる。ここにはこんなに石段が多いんですもの、いつだって事故に見せかけられるわ」

「ぼくのことを、そんなに残酷だと考えているのかい？　本気で昔のスペイン人のように、道に迷った妻を残酷に片づけると思っているのかい？」

レアンドロは考え込んでいるように見える。頭をかしげ、邪悪な炎を目にちらつかせながら。

「じゃあきみは、ぼくをスペイン人の残酷さの典型だと考えているわけか？　たぶんほんのちょっぴり、礼儀のかけらも加えてね——鉄の手を隠すビロードの手袋ってところだな」

レアンドロは、低く、あざけるように笑った。

「それで、ぼくと結婚するのをためらっている。きみは、自分で道を踏みはずすかもしれないと思い、そこできみの細くて白い首をぼくがへし折ることになるんじゃないかと心配してるわけだ」

「そうじゃなくって？」

「もちろん、そのとおりさ」なんのためらいもない返事。

「ぼくの性格をちゃんと見抜いてくれてうれしいよ。だって、目隠しをしたまま結婚に踏み切るのは、女にとって決してよくないもの。同じように、恋に深くおぼれて、相手の男と一緒にいられるってこと以外は、何一つ見ようとしないのもよくない。きみはどちらでもないようだね、リーザ？　それも、ぼくはうれしく思う。基本的に、この結婚は、むしろ一種の取り引きというべきであって……」

「でも、わたし、まだ、あなたと結婚するとは言ってません」リーザは相手の言葉をさえぎる。心臓がきゅうっと痛んだ。

「あなたのプロポーズをお受けしてはいませんわ。またお受けする気もありませんし……」

「そうかな？」レアンドロはたばこを捨て、木陰に一歩踏み込んでくる。リーザはあとずさって、ブーゲンビリアの木にすっぽりと体をうずめてしまった。

「そんなに身を守る構えをとる必要はないよ、ダーリン。でも、どういう意味なのかは興味があるな――きみはどっちを恐れているのかな？　ぼくのキスと、ぼくの気性と……」

「わたしに触らないで！」

リーザは紫と白の花々をつかむ。身を守る盾《たて》にしようとするみたいに。けれども花々は弱々しく散ってしまう。レアンドロにとらえられた自分を見る思いだった。

レアンドロの唇がゆがむ――黒い天使。悪魔で同時に救い主である存在――海から助け出してくれなかったら、こうしてレアンドロと向き合っているリーザもいないわけだから。

「今、あのときのお返しをしなくちゃなりませんの？　きっとこうなると思ったわ。清算なんて言葉を持ち出したりなんかして」

「いけないかい？　きみはぼくに借りがある。ぼくはふさわしい妻を見つけなきゃならない。だとしたら、何もほかに探しにいく必要もないわけだ。そうだろう？」

「アナがいます……ラテンの娘だし、わたしが現れる前は、あなたのプロポーズを受け入れる覚悟だってしてたんです。伯爵夫人のお気に入りだし、どうして……」

「チャノも気に入っているようだしね」

レアンドロがのしかかってくるように迫ってくる。シャツのボタンがはずしてあるので、浅黒い肌にかけたペンダントが、胸の巻き毛が見え、石けんの香りが漂う。

相手の残酷さを知っているのに、リーザの感覚は男のたくましさにつき動かされてしまう。ほかの女性の愛人だと分かっているのに。その女性は遠くにいて、相手があまりにも近くにいるので……リーザの心は自分でどうしようもなくなってしまう。心臓が沈んだと思うと喉もとまでこみあげる——まるでローラー・コースターにでも乗っているように、スリリングで、恐ろしい……。

脈が狂ったように早くなり、神経がちりちりと震える。もうレアンドロから、逃れるすべはない。ブーゲンビリアの花の中で、身動きもできず、レアンドロの腕にとらえられ、ひきしまった肌に抱きしめられてしまう。

「スペイン人に戦いをいどむなかれ、さ」レアンドロがあざけるように言う。「鋭い角の牛に立ち向かう男たちだからな――ところがきみの肌は、実に傷つきやすい。ペケーニャ、たとえ心は固くても、抵抗はむだだな」

レアンドロはリーザの頬にキスし、そのまま暖かい唇をすべらせる。リーザははっと顔をそむけた。レアンドロの腕に力がこもる。いけない、と、リーザは思った。おとなしくされるままになっている女より、反抗する女のほうに、もっと邪悪な喜びを見出《みいだ》す相手なのに。

「さあ、神経質な子どもじゃなくて、一人前の女はどういうふうに男に反応するものか、きみはもう習ったはずだぞ。両手をぼくの首に回すんだ！　今すぐ！」

「命令なんかしないで！」

リーザは逃れようとして、レアンドロの腕の中でもがく。が、いっそう強く抱きしめられて、本当は抵抗なんてしたくないことに気づかされてしまう。思いがけない感情の反乱に、リーザはレアンドロを求めている自分に憎しみを抱き、その自己嫌悪《けんお》を相手にたたきこむ。まるで鋭い短剣のように。

「神経質な子どもみたいに反応してるんじゃありません。ほかの女の愛人に触られるのが我慢できない、一人前の女だから、いやなんです。いったい、わたしをなんだと思ってらっしゃるの！」

リーザの灰色の目が相手の目をにらみつけ、レアンドロの目に怒りが燃えあがる。ブーゲンビリアの木陰はロマンチックな香りを失って、二匹の猫がいがみあう檻《おり》に変わってしまう。そのとき、はっきりと、敷石を打つ杖《つえ》の音が聞こえた。とたんに、レアンドロの表情がぱっと変わる。

ブーゲンビリアの花棚の入口に、マヌエラを従えた伯爵夫人の姿が現れる。背を向けているレアンドロには見えなかったはずだけれど、足音で分かったらしい。自分の頭でリーザの目を隠すと、次の瞬間にはリーザの唇に唇を重ねていた。両腕を自分の首に回せと鋭くささやきながら。

考えるゆとりもなく、リーザは言われたとおりにする。すると、体がリーザを裏切り、レアンドロの腕に、唇に、身をゆだねてしまう。

激しいキスは、杖の音が遠ざかり、伯爵夫人のつぶやきが聞こえるまで続いた。レアンドロが無理やり奪った唇から唇を離す。リーザの腕も相手の肩からすべり落ちた。

「マドレシータにぼくたちが争っているところを見せたくなかった……もう、ショックから立ち直る若さがなくなっているんだからね。こうなると、もう、ぼくらは離れられなくなってると思い込んでいるだろう。リーザ、マルコス・レジェス家の嫁になるのはそんなにいやなのかい？　ぼくのスペインふうのプライドと……情熱に耐えるすべを学ぶことはできないのかい？」

「あなたと……伯爵夫人と、二人がかりなんて。わたしに選択の余地があって？」

　こんなに不安な気持ちははじめてだった。こんなに心をゆさぶられてしまって……レアンドロが、義務と名誉以上の気持ちを、少しでも持っていてくれたら。怒りにかられた激情からではなく、愛があってキスしてくれたのなら……祖母の気に入る妻をめとるしかない状況への怒り。もう一人の女の抱擁から遠ざかっている男の激情。

「二人がかりだなんて」リーザの声は震えていた。

「もしわたしが逃げ出したら、伯爵夫人に死の打撃を与えることになってしまう――この間あなたが助けにきてくださらなければ、わたしは死んでたはずよ。そう考えると、どうしようもなくなってしまうわ。自分の未来を、自分で決める権利なんて、わたしには残されていないのね」

「エル・セラフィンでの未来が、そんなに耐えられないのか？」

　またいつものあざけるような調子。腰に回した腕をどけようとして、指先がリーザの体をすべる。まるで愛撫しているように。リーザは震える。けれども相手は、自分への嫌悪のせいだと思ってしまったらしい。荒々しくその手をズボンのポケットに突っ込んでしまったから。

「そのとおり。ジレンマはもう、ぼくだけのものじゃない。マドレシータにショックを与えないためには、きみが口をきく前に、キスするしかなかった。この木陰に、愛し合うためにやってきたように見せかけるしかなかったんだよ。その結果、ぼくらが抱き合っているのを見て、当然、マドレシータは、ぼくらが愛し合っていると思っただろう。もし、マドレシータがきみのお祖母《ばあ》さんだったら、年老いて、疲れきって、ただ曾孫の顔見たさに生きながらえていると分かっていながら、故意に気持ちを傷つけるようなことをするかい？」

「まさか、故意にだなんて！」

「じゃあ、なぜ、今、そんなことをしたがる？　イギリスできみの帰りを待っている若者はいないはずだ。もしそうなら、きみが一人でスペインに、仕事の口を探しにくるはずはないもの。だったら、きみが誰を選ぼうと自由じゃないか？」

「でも、あなたは違うわ！　本当には、違うでしょう？　あなたには、あなたの帰りを待っている人がいるんですもの」

「それは、このこととはかかわりがない……」

「おおありよ！　わたし、自分の結婚する相手の人生で、第二の地位につくなんて、考えてみたこともありません。わたしは、愛も、結婚の神聖も信じるタイプの女なんです――だから、いつもマドリッドに夫の愛人がいることを意識しないではいられない生活なんて、わたしには向いていません。そんなの、いやなんです、セニョール。もし、わたしがほかの男の名前でマルコス・レジェス家の家名に傷をつけたら、あなたがわたしを憎むようになるのと同じことですもの」

「なるほど」

長い間、レアンドロは花の壁にもたれていた。しんとした静寂のなかで、花の蜜を探る蜂の羽音だけが聞こえる。何かを象徴するような音だった。リーザは自分が求めてもいず、歓迎もしていない愛に入り込まれて、心をさんざんに踏み荒らされているように感じていた。

「すると、リーザ、父が母に対してしたようなことを、ぼくもするだろうって、考えているんだね？」

「血筋はどうしようもありませんもの」レアンドロの視線をじっと受けとめるにはとても勇気が必要だった。

「自己犠牲を楽しむのはラテン人の気質かもしれませんけど、わたしにはそんな趣味はありませんわ」

「自己犠牲だって？」むちの先のように、言葉が飛んでくる。「きみは、マルコス・レジエス家の嫁になることを、そんなふうに感じているのか？」

「ええ……セニョール。残念ですけど」

「残念だって？」

レアンドロがつぶやく。奇妙な笑いが浮かんだ。が、その陰に怒りが隠されていることにリーザは気づく。できることなら、このまま消えてしまいたい。レアンドロを心から怒らせるより、屈伏するほうがどんなにたやすいことだろう。感覚も、感情も、そう願っているのだから。けれども、レアンドロが自分をただ利用するだけだと知っていて、屈従してしまうことには耐えられなかった。

「もう行ってよろしいかしら？　アナにドレスの裁断をしてあげる約束があるんです。わたしがどうしたのか、気をもんでるでしょうし」

「行く前に一言。マドレシータは、きみ流のせっかちな真相には耐えられないだろう。ぼくらは今までどおりに振る舞うことにしよう――わかったね？　もちろん、耐えがたいほどの自己犠牲ではないとしての話だが」

「もしそうだったとしても、ちっとも気になんかなさらないくせに！　わたし、わざと伯爵夫人を傷つけるつもりは、まったくありません。でも、この役からわたしを解放する方法を、なんとか考えてくださらないと……わたしにはわたしの生きかたがあります。生命を救っていただいたことには、とても感謝しています。でも、だからといって、自分の身を犠牲にしなければならないとまでは考えていません……」

「もういい！」レアンドロの語気の激しさに、リーザは思わずたじろぐ。「聞きあきるほど聞かせてもらった」

レアンドロは体をわきにどける。腕がブーゲンビリアの花をかすめた。とたんに、花から大きな蜂が飛び出し、真っすぐレアンドロの顔にぶつかって、花陰から消える。

「くそっ！」大きな蜂はレアンドロの左目のすぐ横を刺したらしい。「なんてことだ、まるで火の針だ！」

「すぐお医者さまに診せなければ！」リーザはレアンドロのそばに駆けよる。心配で、ほかのことなど忘れてしまって。「セニョール、目のすぐそばですもの」

「心配かい……ぼくのことが？　刺し傷はきみの言うとおりらしいな。城に駆けもどって医者に電話してくれないか？　番号は電話帳にある……すぐ来てくれ、って！　マドレシータには聞かれないようにしてくれよ」

「分かってますわ、セニョール」

リーザは全力で城に向かって走っていく。心配で胸がはじけそうだった。

8

左目に黒い眼帯をしたレアンドロは海賊そっくりだった。お似合いよ、とリーザは心の中で言う。祖母に、はれたひどい目を見せない心遣いだったのだけれど。

チャノがマドリッドに帰る土曜日の朝、中庭《パテイオ》で朝食をとりながら、レアンドロが自分も一緒にマドリッドに行くと宣言した。もうこれ以上ほったらかしてはおけない仕事の話を片づけるためだと言って。城には、タクシーで火曜日にもどるつもりだ、と。

「レアンドロ、わたしもご一緒していい?」

これこそ窮地を抜け出すチャンスだった。マドリッドでいさかいをしたことにすればいい。レアンドロが一人城に帰って、婚約は解消したと言えばすむ。リーザが田舎暮らしはいやだと言ったことにしてもかまわない。ともかくレアンドロのそばにさえいなければ、やがて忘れることもできるだろう。むろん、スペインにいてはだめだ。やはり、イギリスに帰るしかないだろうけれど。

レアンドロはパンにバターをぬっていた。眼帯のせいで、いっそう表情は読みとりにくい。

「ぼくらが二人ともいなくなるのはよくないな。アナから聞いていないのかい？　チャノの両親に会うために一緒にマドリッドへ行くってことを」

「でも、マヌエラがいるし、お祖母《ばあ》さまはたいていご自分の部屋にこもってらっしゃるんですもの。どちらにしろ、わたしの車だってもう直ってくるはずだから、わたし、一人でも行きます。あなたに止められやしないわ」

「聞いたかい、チャノ？　ともかくスペインの娘と婚約することにしてよかっただろう？　少なくとも、もう少しききわけがいいはずだから」

チャノは笑ってアナを見やった。

「でも、レアンドロ、なぜリーザをここに置いておくことにこだわるんだい？　きみはマドリッドで週末を楽しむんだろう？　伯爵夫人だって、きっと、きみの婚約者がちょっぴり楽しんでくることを望んでいると思うよ」

「忘れてもらっちゃ困るな、チャノ。ぼくは仕事でマドリッドに行くんだからね」

レアンドロの口調がふいによそよそしくなった。その瞬間、リーザは直感する。フランキスタに会うつもりなのは間違いない、と。心がこわばり、かっとなって、切り口上で言い返す。

「あなたのお仕事の邪魔をしようなんて、夢にも思いませんわ。きっと、とても大切なお仕事なんでしょうし、わたしは邪魔になるだけですものね。分かりました。とってもはっきり」

「じゃあ、ぼくが帰ってくるまで城にいてくれるね？」

「そういうことになりますわね」

リーザは顔を伏せて朝食を続ける。いよいよ、どんなに苦しくても、ここを出ていくときが来たとはっきり分かった。車は修理がすんで運んできてある。伯爵夫人の健康にさわると思うと心苦しいけれど、それも、今となってはやむをえない。

手紙を残していこう――兄や家族と遠く離れてスペインで暮らすのは、やはり無理です、と。そして、いったん車を走らせはじめたら、もう、後は振り向くまい。火曜日、レアンドロが帰るときまでには伯爵夫人も事態を受け入れてらっしゃるだろうし、そこでどんなに怒ってみても、リーザはもういないのだから。

リーザはオレンジの皮をむきながら、アナとチャノのことにすっかり心を奪われているふりを装う。二人とも、この一週間、すっかり生き生きとなって、恋に夢中だった。チャノは一日も早くアナを妻に迎えるつもりでいて、アナが同行するのもそのためだった。チャノの両親がマドリッド郊外の別荘に住んでいたので。両親に報告し、祝福を受けることになるだろう。リーザは羨望《せんぼう》のため息をおし殺す。

「あなたって、とても幸福なかたね」

リーザの言葉にあまりにも深い感情がこもっていたので、チャノはびっくりしてリーザを見つめる。ほかのみんなと同じように、伯爵はリーザと結婚するものと思いはじめていたからだった。レアンドロがさりげなく救いの手を差し伸べる。

「なにしろイギリス娘だからね、リーザはちょっぴりシニカルなんだよ。シンデレラ物語はあまりにも通俗的だから、イギリスではその逆がはやっている。平民の男こそ英雄なんだな。したがって、貴族の役は若い娘が演じることになる。だから、二人が祭壇の前に立つのは、いっそう難しくなる。リーザはもうアナの花嫁姿を見ているんだよ。ところが、ぼくは平民じゃないから、英雄に見えない……チャノ、きみがひどく運のいい男だってことが、よく分かったかね？」

みんながレアンドロのおどけた口調に声を立てて笑った。リーザでさえ、弱々しく笑うと、レアンドロから顔をそむける。心の中の愛が、その瞬間、あまりにも深く傷ついたせいだった。

もしレアンドロと結婚したら、レアンドロがマドリッドに帰ろうとするたびに、こんなふうに心が痛むことになる。誰がレアンドロをマドリッドに引きよせ、マドリッドにとどめているか、知っているのだから。愛されない妻になるより、まだしもレアンドロと別れることのほうが耐えやすいだろう。

朝食がすむと、アナとチャノは旅行の準備に席を立ったが、レアンドロはそのまま残って、リーザと二人きりになるのを待っていた。リーザの腕を取ると客間の一つに連れていき、きっちりとドアを閉める。リーザは思わず片手を喉《のど》にあて、相手の視線を避けようと部屋を見回す。

際立ってスペインふうの部屋だ。モザイクのタイル張りの天井を支える優雅な黒大理石の柱。真紅のカーテン。アルパカのじゅうたん。背もたれの高い椅子。黄金の大皿にあふれる赤いばら。マントルピースの上には女性の肖像画がかけてある――オリーブ色の肌。大きな、黒い、情熱的な瞳《ひとみ》。赤くふくらんだ唇《くちびる》。唇のそばの肉感的なほくろ。そして首飾りには……リーザははっと息をのむ。レアンドロにもらったサファイアのハートがついていたので。

「マルコス・レジェス家に嫁いできたブラジル人の花嫁だよ。サファイアのハートは、何度も幸せな花嫁を飾ったものだ。我が家の男たちは、決して御しやすいタイプとは言えないんだが。でも、祖母も幸福な結婚生活を送った人だ。だから、ぼくにもそうあってほしいと願うのも当然だろう?」

「もちろんよ」リーザはつぶやく。「でも、幸せになるためには、愛で結ばれるのが一番じゃないのかしら?」

「賛成だね」ためらいもせず、レアンドロが答える。「愛――心からのシンパティア《好き》。感応と言ったらいいのか、外国語には翻訳不可能な言葉だ。類のない、まったくラテン的な概念だからね。魂と感覚のすべてにかかわる言葉だから」

「ご承知でしょうけど」リーザは唇をしめらせる。「哲学をお話になる時間はないはずよ。わたしをここにお連れになった理由はなあに？」

「きみにはとっくに分かってるはずだぞ」

さっとレアンドロの表情が冷酷に変わって、リーザに歩みよってくる。リーザはあとずさりして黒大理石の柱に背中を押しつける。灰色の目を大きく見開いて、青ざめた顔で、後ろ手に冷たい柱を抱いているリーザの姿は、まるで十字架にかけられたみたいだ。

「ぼくはマドリッドに行かなくちゃならない。きみは、ここに残っていなくちゃいけない。きみが何を考えてるか分かってるぞ、女友達《アミーガ》さん。ぼくが背中を見せたとたんに荷作りをして逃げ出すつもりだろう。だから注意しておく――もしきみがそんなことをして、その結果、マドレシータが苦しむようなことになったら、ぼくはきみを追いかけるぞ。地の果てまでもだ。そして、全力をあげてきみを苦しめてやる。うそだと思うかい？」

「いいえ」気が遠くなりそうだった。「でも、レアンドロ、一緒にマドリッドに行けば、けんかしたことにできるでしょ？　それで、この泥沼から抜けられるのよ。そしてあなたも、自由にご自分の生きかたを楽しめるわ」

「きみは城に残るんだ。マドリッドに行って、二、三日して帰ってくるってマドレシータに話したら、きみをエル・セラフィンに置いていきなさいって約束させられてしまった。

すっかり興奮してしまってね、きみがとても気に入っていて、ずっと手もとに置く気なんだよ……いずれにせよ、きみも言ったとおり、今はすべてを話している時間はない。ただ、きみに警告しておくだけだ――ぼくがいない間に、ぼくが決して許せないようなことをしでかさないようにしろとね」

突然、レアンドロがリーザの顔を両手ではさむように柱に手をつく。左目の眼帯のせいで、いっそう凶悪な顔になって、低いドスのきいた声で後を続けた。

「きみは弓につがえた矢のように震えてるな。弦を放たれた矢のように飛んでいきたくてうずうずしている。こんなことだろうと思って、きみの車からこいつをはずしておいたよ。ガレージにあるほかの二台からもさ。ちっちゃな部品だが、これなしには車は動かない。きみを信頼できたらどんなにいいか、かわいい人《ペケーニャ》。でも、できないんだよ。きみはまるで理性のない子どものように振る舞うことが分かっているからね……」

「あなたがいつも、傲慢《ごうまん》な、押しつけがましい、中世の領主さまみたいに振る舞うのと同じってわけね！」自分をまるで信用していないレアンドロが憎い。そしてレアンドロと伯爵夫人が、自分を囚人みたいに閉じ込めて、思うようにあやつれると考えていることが。

「あなたを憎むわ、レアンドロ！　それに、あなたがマドリッドで誰に会いにいらっしゃるのかも知ってます！」

「確かに、知っているらしいね」

あざけるように小さく笑うと、レアンドロがさっと顔をよせてくる。はっとして横を向いたリーザの頬を、レアンドロの唇がかすめた。

「キスはあのかたにしてあげたら！」喉をしめつけられる感じがあった。「ぞっとするわ！」

「それは残念だな。じゃあ、マドリッドから何を買って帰ろう？　香水かな、ボンボンかな、それとも、毛皮なんかどうだい？」

「プレゼントも同じよ。あのかたに差し上げて！　あなたご自身まで、あのかたに差し上げるつもりでいるくせに！」

「ぼくが何を考えているかまで、いやに自信たっぷりなんだな」

レアンドロはさっと手を伸ばして、リーザのあごをとらえ、無理やり自分のほうを向かせる。

「きみが成熟した女性なら、女の直感が働いたんだと言うこともできる。でも、きみは、むしろ子どもみたいに振る舞うからな——そうとも、ぼくのかわいいマリアさま！　きみが本当に大人なら、もう少し、男というものがどういうものか理解できるはずなんだが。きみがもう少しかっとならないたちで、もう少し落ち着いているなら——大人の女性はそうなんだが——決してそんなにぼくを非難したりしないはずなのに」

「おっしゃるとおりでしょ！　わたしは何もかも、あのかたと正反対なんですから。さぞいらいらなさるでしょうね、あなたの奥さまのことなのに、お祖母さまには、本当のことが言えなくて。わたしだってちゃんと理解できますわ、なぜあなたがマドリッドにお急ぎになるかってことぐらいは、セニョール。わたし、それほど子どもじゃありません!」

頬に血がのぼり、金髪が額にかかっている。胸が大きく盛り上がっては沈み、心の中の苦しみが表に現れようとしていた。もう行ってちょうだい! 今すぐに。あなたが行ってしまうので、わたしを城に残してフランキスタのところに行ってしまうので、わたしがちっちゃな子どものように泣きくずれたりする前に!

「お願いだから、わたしなんかのために、これ以上、大切な時間をむだになさらないで」

リーザは冷たく言った。

「ぼくが帰るまで、ここにいるね?」

あごを押さえている指に力が加わり、リーザは顔をしかめる。

「ちゃんと手は打ったんでしょ? わたしの車は動かなくしたし、わたしの良心まで伯爵夫人のことでおしばりになったんですもの。わたし、お祖母さまは好きよ。だから、できることなら……」

「なんだい、リーザ? できることなら?」

「あのかたに真実をお教えして、何もかもおしまいにしたいわ!」

「真実はきみの胸にしまっておくんだ。ぼくに対するきみの気持ちの本当のところを一言でもらしてみろ！　そしてマドレシータの心臓にショックを与えでもしてみろ！　きみのこの百合《ゆり》のような白い首をへし折ってしまうぞ！」

その言葉をいっそう強めるように、レアンドロは両手をリーザの首に回して、無理やりあおむかせる。気が遠くなりそうだった。手が離れる。リーザは大理石の柱でかろうじて体を支えていた。

レアンドロを見つめ、相手もまた、自分と同じように心が乱れていることが分かる——怒りとフラストレーションがくすぶり、血に溶けて全身を駆けめぐり、今すぐにでも誰かにぶちまけそうな感じだった。

「それでは、リーザ。さようなら、また会う日まで。きみは車まで来ないでくれ。今はどんなにきみがぼくを憎んでいるか、アナやチャノに悟られたくないんでね。マドレシータをよろしく頼む。そして、火曜日には、ぼくを待っていてくれ」

レアンドロはドアを開けて、振り返った。「さよならも言わないつもりかい？」

「もちろん申しあげますわ——さようなら、伯爵さま」無理に冷たくいんぎん無礼な声で。「それから、香水やチョコレートやらのおみやげをお持ち帰りになって、わたしを侮辱なさらないで……毛皮のことですけど、わたしは一度も着たことがございません。残酷さは好みませんので」

「よろしい、リーザ」

レアンドロの視線がリーザの体を、顔から足の爪先までかすめる。それから、部屋を出、ドアが閉まった。真紅のカーテンの部屋はもの音一つ聞こえなくなる……突然、嗚咽《おえつ》がリーザの唇からもれ、両手が顔を覆った。

三人を乗せた車が走り去ってしまうと、城はしいんと静まりかえる。冷たい水で顔を洗い、髪をうなじでまとめると、リーザは厩舎《きゅうしゃ》に出かけて馬丁に馬に鞍《くら》をつけてもらう。ほんのしばらくでも城を離れたかった。車が使えないのだから、馬に乗るしかない。

「はい、セニョリータ」とフアン。「セニョリータ・アナの馬ならおとなしいし、お留守の間も、少しは運動したほうがいいですからね」

リーザはうなずき、そっと唇をかむ。三人が恋のためにマドリッドに行って、自分一人が取り残されていると思うと心が痛む。が、アナの馬はすぐ慣れてくれて、馬具を鳴らしながら、早足で丘をくだり、海辺へと向かう。

海辺に着くと、リーザは馬を走らせる。波が寄せては返す水際《みぎわ》を、水をはね返しながら。海は陽光にきらめき、沖合いにはあの日の大岩が見える。リーザが脚をひきつらせておぼれかかり、レアンドロに助けられたときの大岩が。

あのとき、わたしは恋におちたのかしら？　これ以上真実を避けようとしても、なんの意味もなかった。あの人を愛してる！　だからこそ、一人で部屋に残されたとき、泣いてしまったのだ。今まで、男の人のために泣いたことなんか、一度もなかったのに。愛することが、こんなに痛みを感じさせるなんて。

リーザは涙にくもる目で浜辺を見る。人影のない砂浜に、海はささやき、忍び泣いているようだ。いつまでもこうしていたい、とリーザは思う。けれども、あまり長い間、城を留守にしていては、また心配をかけてしまう。伯爵夫人にもしものことがあったらと警告したときのレアンドロの顔がちらつく。

手綱をしぼって馬を止め、鞍に座ったまま、リーザは胸いっぱいに潮風を呼吸する。この憂愁を追い払いたい。海の上には巨大な金色《こんじき》の竜を思わせる雲が横たわっている。嵐が来るのかしら？

古城をゆさぶる稲光り。リーザはむしろ嵐が来てくれることを願っている自分に気づく。マドリッドで嵐のことを聞けば、レアンドロも少しは心配になるだろう。フランキスタと快楽を追い求めながら、少しは気がとがめるだろう。

リーザは手綱を握りしめる。あの人なら、レアンドロを押しのけもしなければ、抵抗もせず、子どもみたいに手をどけてなんて言いはしないだろう。あの人なら、ほほ笑みを浮かべて、あの肉感的な唇を差し出し、クリーム色の腕に暖かくレアンドロを抱いて、指先でレアンドロのうなじを愛撫《あいぶ》するだろう――レアンドロも男だから、そういう相手をこそ求めているはずだった。

問題は……リーザはため息をもらす。反射的に相手を拒んでしまう自分の行動の底に横たわっているものを、リーザははっきり知っていた。キスをされ、城のあと継ぎを産んでくれと言われるだけでは、だめなのだ。レアンドロもまた、自分のように、相手への愛に震えてくれなくては。

レアンドロが夫になってくれるだけでは、だめなのだった。ただ体を与えてくれるだけで、心を与えてくれないのでは。レアンドロがくれるというのは、天国ではなく――ただのスペインの城と楽な暮らしだけだった。まなざしに、手の触れ合いに、一言の言葉に、うっとりとした微笑に、そのたびに愛がひらめく、満ちたりた生活ではなかった。

竜の形をした雲はいっそう低く下りてきて、馬までが突然落ち着きを失ってしまう。山脈のほうから、かすかに雷鳴が聞こえた。

「さあ、帰りましょう」

ひづめが砂をけ立て、海の風がまともに吹きつけ、リーザの金髪をなびかせる。城の庭までもどったとき、リーザの頬は燃え、目はきらめいて、心配など何一つない娘に見えた。パティオの柱廊の下で紅茶を飲んでいる伯爵夫人に気づき、リーザは馬を止めて、あいさつの言葉をかける。

「ハロー、お嬢さん。あなたもお茶の仲間にお入りなさいな」

「喜んで」

思わず口もとがほころぶ。伯爵夫人は、お年なのに、とてもすてきだった。ライラック色のドレスに、ごく薄いレースの肩かけ。銀髪はきちんと整って、耳には小さな宝石がきらめいている。ダイヤモンドの指輪。小さな金糸織りの靴。新聞が広げてあり、柄付き眼鏡を扇の代わりに振って合図を送っている。

「とてもおきれいですわ、セニョーラ」

思わず、心をこめて言ってしまう。少し恥ずかしかった。そのまま馬を歩ませて厩舎に向かう。

「遠乗りはいかがでした、セニョリータ？」

フアンは尊敬のこもった、けれども相手を甘やかすような微笑を浮かべて尋ねる。伯爵家の召し使いの誰もが浮かべるようになった微笑だった。まるで、リーザは若くてちょっぴり風変わりだけれど、未来の花嫁として申しぶんなく美人だし、ラテン娘と同じくらい悪くないとでも言うような。

フアンの陽焼《ひ》けしてなめし皮みたいな顔を見ていると、涙がこぼれそうになる。フアンはレアンドロを信じきっている。それこそ、リーザには、どうしてもできないことなのに。善良で、たくましく、官能的な人たち。みんなはレアンドロがリーザを愛していることを信じ、主人が新鮮で無垢《むく》な娘を選んだことに賛成している。伯爵夫人と同じに、みんな古風だから、もし離婚した女性を未来の妻として城に連れてきたら、ショックを受けるに違いない。

「すてきだったわ、ファン。海辺を走ってきたの。でも、雲が出てきたけど、雨になるのかしら？」

「大雨にね、セニョリータ。嵐になるかもしれないな。あなたは嵐なんか怖がりなさらんでしょう？　ご主人の婚約者なんだから」

「怖くないといいんだけど」

リーザは笑った。相手の言葉に、もっと深い意味があるように思って。たしかに自然を恐れるような女性は、伯爵とはうまくいかないだろう。リーザは馬の鼻面をなでると、急いで部屋にもどった。

レモンの花模様のシフォンのドレスに着替え、髪をとかして肩に垂らす。そして鏡の中の自分を詳細にながめる。遠乗りのおかげで頬は赤く、新鮮で、チャーミングだ。リーザは唇をかむ。心の中では未来のない愛に悩んでいるのに、こんな顔をしていられるなんて——伯爵と結婚するつもりには、どうしてもなれないままなのに。

急いで階段を下り、柱廊の伯爵夫人のもとへと急ぐ。もうリーザのためにクリーム・ケーキと小さなミルクの壺《つぼ》が届いていた。

「あなたはイギリスふうがいいだろうと思って」老貴婦人はリーザにほほ笑みかける。

「ここにいる間に、あなたはいっそうチャーミングになりましたよ。かわいらしいと言ってもいでしょうね。わたしたちラテン系のものにとっては、アングロ・サクソン系の白い肌と金髪は、とても新鮮なの。あなたが気に入りましたよ。レアンドロとあなたなら、とてもかわいい、元気な子どもができますよ」

リーザが真っ赤になるのを見て、伯爵夫人はいたずらっぽく笑いながら、ハンドバッグの中をまさぐっている。リーザはカップにお茶をつぎながら、なんとか落ち着きを取りもどしたいと思う。なにげない言葉だろうけれど、なんとかして逃げ出そうと思っている偽の芝居に、いっそう引きずり込まれていくような感じだった。

「ケーキを召しあがれ。昔からこの家に伝わる、ムーア人の秘伝で作ったものなのよ。ムーア人は甘いものに目がなかったらしいわね。きっと、レアンドロから聞いてると思うけど、マルコス・レジェス家にはちょっぴりムーア人の血が流れてるのよ。スペインでは、立派な男はみんなそうなのよ」

話しながら、伯爵夫人はビロードのハンドバッグから小さな品を取り出す。陽光を受けてまぶしいくらいにきらめく。

「これをあなたにあげたくってね。大きな愛をこめてプレゼントされたものなのよ。さあ、お手を開きなさい！」

とても断れなかった。手のひらに、ブローチがきらめいている。すばらしい鋳金の恋結《ラブノ》び《ット》で、ダイヤモンドとルビーがちりばめてあった。

「情熱と暖かさ。愛にとって一番大切な二つのもののシンボルよ」

「きれいですわ、セニョーラ。すばらしいものですわね。でも、わたし……」

「もし受け取れないって言うつもりなら、わたしとけんかすることになりますよ。このブローチは、あなたに持っていてほしいの。着けたところを見せてくれるわね……ここがいいわ。ハートの上。愛の宿るところ……」

「本当に、ご親切、ありがとうございます」

リーザは言われたとおりにブローチを着ける。手が震えていた。本当の結び目のように、いっそう強く、この家と結ばれていくような感じがする。ああ、神さま。これが愛と欲望の恋結びなら、どんなにいいでしょう。見せかけの情熱と暖かさなんかじゃなくて、本当のものだったら！

「ブローチはとてもよく似合いますよ……さあ、約束してちょうだい、結婚式の日にも、これを着けるって……」

そのとき、召し使いが近づいてきて、伯爵夫人は言葉を切った。リーザはほっとする。盆の上にのっているのは、青い封筒だった。いつか、伯爵夫人の友人から来た、レアンドロとフランキスタの関係を知らせる手紙と同じ種類のものだ。

「ありがとう」

手書きのあて名を読む伯爵夫人の手がかすかに震えていた。召し使いが歩み去ると、レアンドロの祖母は、封を切りもしないで手紙を細かく引き裂いてしまう。

「奇妙なことだけど、友達ってものは、ときにおせっかいをやきすぎるものなのよ。マドリッドに住んでる親友は、これでもわたしの役に立ってくれてるつもりなの——レアンドロとうわさのある女のことをいろいろ教えてくれるのよ。でも、もう、わたしには必要のないことなのに。それに昔のあの子を思い出させられれば、わたし、やっぱりうろたえてしまうのに。確かに、あの子にはいろんな女の人がいましたよ——でも、今は、みんなすんでしまったこと……」

伯爵夫人は言葉を切ってリーザを見つめる。リーザが、よく見もしないでミルクの壺に手を伸ばして、ひっくり返してしまったからだ。慌ててナプキンでテーブルをふく。あぶなくドレスにこぼしてしまうところだった。

「どうしたの？」

「わたし……そそうをしてしまって。まだ少し興奮してるんですわ。マドレシータ、あなたの贈りもので」

「いいえ。それだけじゃないわ！　レアンドロがマドリッドに出かけたのは、あの離婚した女に会うためだったの？」

「いいえ」

「本当のことをおっしゃい！」伯爵夫人は容赦なくリーザの手を握りしめる。指輪がくいこんで痛いくらいに。「わたし、本当のことを聞けないほど年よりでも、弱ってもいませんよ――まだ今のところは。さあ。あなたの顔には、なぜあの子がマドリッドに出かけたか知ってるって書いてあるわ。だから、ぜひ、あなたの知ってることをおっしゃい」

「わたし、ほとんど何も知らないんです、セニョーラ。ただ、あの人に会うんじゃないかと疑ってるだけで……古いお友達だし、一緒に仕事をなさってるってことだし……」

「一緒に仕事をしてるですって？　あの浮気女と？　おやまあ！　それで、あなた、あの女に会いにいくことを知ってて、あの子を行かせたの？　わたしがあなたの年ごろには、もうちゃんと男を引き止めておけましたよ。まして自分の愛してる相手なら、なおさらです。あら、真実からしりごみしちゃだめ、おちびさん《メニーナ》。あなたがあの悪い子を愛してるのは分かっています」

「それじゃ、このこともご存じでしょうか、セニョーラ、彼のほうはわたしを愛していないってことも？」

「ばかね、あなたがあの子に抱かれてるところを見ましたよ。あの子はあなたを欲しがってたわ。そして賢い娘は、いつだって、そのことを利用してきたのよ。もう一人のほうは――わたしが家の敷居をまたがせないことくらい、あの子だって知ってます。マルコス・レジェスの家名を、ほかの男と結婚したことのある女に名のらせるなんてこと、わたしが許すものですか。あの女には貞節ってものが……」

ふいに伯爵夫人はリーザの手を放して、椅子の背にぐったりともたれかかる。

「ちょっと興奮しすぎたようね。わたしのくたびれた心臓にはよくないのよ。リーザ、約束してちょうだい、レアンドロと結婚するって。あの子は指輪もあげたし、約束もしたし、エル・セラフィンのみんなが熱心に待ち受けていることも、よく承知してるんですから――鷹《たか》が鳩《はと》とつがう日をね。みんな白い鳩を若い伯爵夫人に迎えたいと願ってるんです。罪の緋《ひ》の衣を着た女なんかじゃありません！　処女の花嫁が、祭壇の前であの子の腕に抱かれるのを見たいんです――百合《ゆり》をね、蘭なんかじゃなくて！」

「お願いです、セニョーラ、興奮なさらないで」

リーザはテーブルを回って伯爵夫人のそばに駆けよる。恥ずかしさも忘れて、誇り高く、すばらしい、弱々しい貴婦人に両腕を回し、そっと頬にキスする。

「レアンドロは義務を果たしますわ、あなたもご存じでしょ、マドレシータ？　あなたをないがしろにはしません――わたしも同じです。できるだけのことはします」

決して遠くに離れていたことのないマヌエラが回廊の陰から現れて、駆けよってくる。二人で伯爵夫人を助け起こすと、客間まで連れていった。レアンドロの祖母は興奮して疲れただけで心配はないと分かると、リーザは伯爵の書斎に行って『嵐が丘』を見つけ、窓ぎわのひじ掛け椅子に座って読みはじめる。

ヒースクリフのキャスリンへの情熱的で恐ろしいほどの愛。ひどくむし暑くなった気がして、ふと目を上げると、海の上にあった雲が今は城の小塔のところまで来ている。リーザは嵐のことを思い、いま一度、稲妻が光り、雷鳴がとどろいて、空気をきよめてくれるようにと願う。そのとき、ドアが開いた。フロレンティーナだった。

「ここにいらっしゃいましたのね。あのかたのお部屋で、夢見心地で、ちょっぴり憂鬱《ゆううつ》を味わっていらしたのですね。でも、何かお昼を召しあがらないと……何になさるか、それをうかがいにきたんです」

「あら、なんでもよろしいのに。わたし、ほんとは、おなかすいてないし」

「男のかたのことを思ってらっしゃるお嬢さんは、めったにおなかがすかないものですよ。だからって、何も食べないで座っていらしちゃいけません。スペインの男は花嫁を腕に抱いたとき、女だなって感じがするのが好きなんですよ。ソーセージのスライスに、ハム、チーズもちょっぴり、さあ、おつまみはいかがかしら？　ほうきの柄みたいじゃだめ――さあ、おつまみはいかがかしら？ それにトマトときゅうりの酢づけよ。とてもおいしくって、食欲も出ますわよ」

「ほんと、おいしそうね。ここでいただくわ。この窓から見える景色が大好きなの」

「よろしいですとも」フロレンティーナは意味ありげにリーザを見やる。「ここなら、葉巻の香りも残っておりますしね。男のかたの葉巻のにおいほど、思い出を誘うものはありませんもの。一緒にしょうが入りの菓子パンもお持ちしましょう。今、焼いたところなんころは、熱いしょうが入りのパンをねらって、しょっちゅう台所にいらしてたものですよ」

「そのせいなのね、あの人がぴりっとくるのは」

「ぴりっとこない男なんて！」フロレンティーナはいたずらっぽく笑って、部屋を見回す。「でも、ほんとにここで召しあがります？　なんだか今日は、この部屋は陰気ですわ。それに壁掛けの人物が動くみたいで」

「構図のせいよ」リーザも、壁掛けの中南米を征服したコンキスタドールのきらめく甲《かっ》冑《ちゅう》を見る。「わたし、きらいじゃないの。誰にも負けはしないって感じでしょ？　いかにもスペイン人って感じで、とても誇り高くて、立派な鎧《よろい》を着てて」

リーザはフロレンティーナに笑顔を向ける。が、返ってきたのは、むしろ深刻な視線だった。

「あのかたに立ち向かうんです」ふいに、フロレンティーナが言った。「従順でも、聖女みたいでも、だめですよ――あのかたのお母さまみたいでは……」

ドアが閉まっても、フロレンティーナの言葉は残っていた。結婚を待ちかねている人たちの罠《わな》が、いっそうしまってくる感じがする。自由になろうともがけばもがくほど、エル・セラフィンの人びとの生活や望みに、いっそう深くからめとられていくみたいだ。

リーザは窓辺の椅子に座ってもの思いに沈む。心臓の上の恋結びのブローチが重い。心臓は波立ち、思いはマドリッドに向かう道に飛ぶ。夕方には着くだろう。レアンドロは自分のマンションに行き、アナはチャノと一緒に、チャノの両親の家に行くことだろう。愛されている喜びを、いっそう深く味わいながら。

サファイアの指輪を鈍く光らせながら、リーザは窓にカーテンを引く。心のなかに、苦痛に満ちた情景が浮かび上がってきたせいだった――フランキスタに電話するレアンドロ。あいびきの約束。場所は、きっと、しゃれた照明もほの暗いレストランだ。二人はそこで問題を話し合い、フランキスタのマンションで結論に達するだろう。

二人とも世慣れた人たちだから、第三の人物を含むしかなくなった関係に適応する方途を見つけることだろう。第三の人物――それが、リーザ・ハーディングだ！　戦慄《せんりつ》が全身を駆け抜ける。そのリーザこそ問題だった。レアンドロをほかの女と分け合うことに耐えられないのだから。容赦のない真実が襲いかかり、リーザは目を閉じてしまう――レアンドロのすべてが欲しい。でなければ無！

なんとかして、この罠から抜け出さなければ……義理の姉に手紙を書こう。二人で知恵をしぼって、伯爵夫人を苦しめないでイギリスに帰れる口実を考え出そう。いったんイギリスに帰ってしまえば、レアンドロから安全なくらい遠ざかってしまえば、日々は過ぎ、週は重なり、ついには誰もリーザのことなど忘れてしまうだろう。

そうするしかない。ほかのみんなに都合がよくても、リーザ自身にだけは違う結婚のことなど考えまい。いや、考えることさえできはしない。それほど従順でも、聖女みたいでもないんですもの！

午後遅く豪雨になった。峰々から銀の槍《やり》のように降り注ぎ、景色を消し去り、木々を、花々を激しく打ちすえる。リーザは陽光を愛するブーゲンビリアを、弱々しいおだまきを思い浮かべる。とても、こんなに激しい打撃には耐えられず、たたき落とされて、ぬれたましぼんでいくのだろう。

嵐が強まると城中に明かりが入った。荒れ狂う雨。黒雲を裂き小塔や窓を赤黒く照らす稲妻。雷鳴は山々にこだましてとどろき渡る。リーザは伯爵夫人が心配で、そちらに向かう。が、マヌエラがドアを開けたとき、飛び上がってしまったのはリーザのほうだった。そのとき、ずしんとひびくような雷鳴が回廊を走ったので。

「伯爵夫人は、大丈夫でしょうか？」

声がわずかに震える。

「もちろんよ、セニョリータ」マヌエラは微笑してリーザを居間に招き入れる。「伯爵夫人は一生のほとんどをこの地方でお過ごしになったのよ。夏の嵐には慣れっこですわ。でも、あなたはどうかしら、セニョリータ？　まだ慣れるのは無理ね」

「正直いって、こんな嵐ははじめてよ。少し怖いわ」リーザはまた飛び上がった。城が巨大な手でゆさぶられているように感じて。「書斎にいたら、馬がひづめを鳴らしたり、いなないたりしてるのが聞こえたんです。そしたら、ふいに心細くなって、どなたかに一緒にいていただきたくて、ここにかけさせていただいていいかしら、マヌエラ?」

「どうぞ、喜んで。わたし、今、スカーフにビーズを縫いつけてるところなんですよ。もしよかったら、そっちのはしのほうから手伝ってくださるかしら?」

「お手伝いさせて」リーザは心もとなげな微笑を浮かべて、伯爵夫人の寝室のドアを見やった。「おやすみですの? こんな嵐なのに」

「睡眠薬をお飲みになったから、あとしばらくはおやすみでしょう。今朝、マドリッドからの手紙をお受け取りになったけど、そのせいで興奮なさったの? 伯爵の幸福な結婚のことしか頭にないから、ちょっとした疑惑が聞こえてきただけでも……セニョリータ、何も聞かないようにしてるわたしの耳にさえ入ってくるほど派手なうわさがあったんですよ。伯爵が……ほかの女のかたと関係があるって。みんなが心配してるのは、そのかたがどんなやりかたでか、お二人の間に……」

マヌエラは言葉を切って唇をかみ、急いで後を続ける。

「殿方はかならずしも真実で、忠実だとは限りませんものね、わたしたち女と違って……いくらかはそういう殿がたもいらっしゃるでしょう。でも、全部じゃないわ。それに、伯爵のお父さまが不実なかただったことはみんなが知っています。修道院から真っすぐお嫁にいらした、あんなに優しくて善良な奥さまがありながらね。ああいう本能は血で伝わるものだから、伯爵夫人はいつも、歴史は繰り返すんじゃないかって心配していらしたの。ところが、また、お孫さんが行ってしまって……お分かりでしょ、セニョリータ。伯爵夫人を脅かしてるのはこの嵐なんかじゃなくて、心の中の嵐なんですの。今日、わたしに、こんなことをおっしゃったわ——率直に申しあげていいかしら?」

リーザはうなずいて、マヌエラが指さした椅子に腰を下ろす。とたんに窓ガラスがびりびりと震えた。雨が敷石を激しくたたいている。マヌエラは暖炉に火を入れた。リーザはそのぬくもりをうれしく思いながら、火に両手をかざす。マヌエラはビーズを縫いつけているスカーフをもう一度手に取る。

「イギリスの女のかたは、男の気まぐれに耐えることにも服従することにも、あまり慣れてませんでしょ。だから伯爵夫人は、伯爵がもし、この、もう一人の女のかたと会い続けるようなことをなさるなら、あなたは伯爵と結婚しないんじゃないかって心配しておいでなのよ」

「そうおっしゃったの、マヌエラ?」

「ええ、わたしにだけは打ち明けてくださったわ。ご存じのとおり、わたしたち、とても親しくしてますから……あのかたに会いにいらしたの?　それとも違うかしら?」

「そう信じてますわ」

リーザは静かに答える。が、心の中は、ずたずたに引き裂かれていた。まもなくレアンドロはフランキスタのそばにいるはずだという確信に。しかも、祖母の心の平和を保つという重荷をリーザに押しつけたままで。何ごとが起きようとも、結婚するという保証をするかしないかまで、リーザに押しつけたままで。

なぜ、あえて、こんなことをするのかしら？　なぜ、あえて、自分の提供する物質的なものが、わたしの自然の感情に打ち勝つほうに賭《か》けたのかしら？　なぜ、厚かましくも、自分の脅迫にわたしが屈するものと決めてるのかしら？　そのうえ、火曜日にはここに帰って、週末の間フランキスタを愛撫した手で、なぜ、厚かましくも、わたしの手を、わたしの体を愛撫できるものと決めてかかっているのかしら？

「マヌエラ」リーザはきちんと椅子に座り直して、真っすぐ相手を見つめる。おそらく、この人には、誰よりも伯爵夫人のことが分かっているに違いない。「あなた、セニョーラが耐えられるとお思いになる？　もし、わたしが、伯爵との婚約を破棄したいと願ってるって申しあげたら」

沈黙が続き、雷鳴がいっそう高まったように感じる。まるで、より深く、城の周りを突き刺すように。

「わたし、守れない約束を、無理に守らされているんです。まるでみんなのことが大切で、わたしなんかどうでもいいみたいな約束を。みんなの感情は大切にしなければならないけれど、わたしの感情はどうでもいいみたいな約束——まるで、わたしは人間じゃなくて人形か何かみたいに。わたしには感覚がなくて、わらくずがつまってるみたいに……。

もし、わたしに何の感情もなければ、決して伯爵夫人のことも心配なんかしないはずでしょう？　ところが、その心配こそ、わたしがここにとどまっているたった一つの理由なんです。マドレシータの心臓が弱っていることは存じてます。でも、ただのイギリス娘がここを出ていっただけで、イギリスの家族から遠すぎるのでスペインには住めませんと書き置きをして出ていっただけで、お亡くなりになってしまうほど弱ってらっしゃるのかしら？　わたしの言うことを理解して、許してくださることはないのかしら？」

「理解もなされば、お許しにもなるでしょう」と、マヌエラが答える。「でも、万一、希望を失ったショックが大きすぎたとしたら、伯爵のほうは、あなたをお許しになると思って？」

「ショックが大きすぎると考えてらっしゃるの？」

「わたしは医者じゃないのよ、セニョリータ。でも、あのかたが、この一つのことに賭けてらっしゃるのは存じてます。おそらく、この世で最後の、強い願いでしょう。あのかたが恐れてらっしゃるのはね、お分かりでしょうけれど、もしあなたが伯爵と結婚なさらなかったら、お孫さんはもう一人のかたと結婚することになるんじゃないかってことなの。もちろん、すぐにじゃありませんよ。マドレシータが生きてらっしゃるうちは結婚なさらないでしょう。でも、いつかはきっと、その日が来ますわ」

「なんてことでしょう！」リーザは両手を打ち合わせる。「あの人には、わたしにこんなことをする権利なんて何一つないのよ。わたしたち、まったく見ず知らずの他人だったんですもの……あの夜、わたしの車が壊れるまでは。あの人はわたしをここに連れてきて、婚約者のふりをするように説き伏せたんです。わたし、一週間かそこらのことだと思ってました……ここまで事が運ぶなんて、夢にも思ってみませんでした。まるで、覚めることのない悪夢の中で暮らしてるみたいで……」

「でもわたしは、目が覚めててよかったわ」寝室のドアのわきから声が聞こえた。「とうとう真実が聞けて、とてもよかったわ」

リーザはぱっと立ち上がる。マヌエラのビーズの箱がひざから落ちて四方に散らばった。二人とも伯爵夫人を言葉もなく見つめるばかりだ。伯爵夫人は紫の錦織りの部屋着をはおって、寝室のドアのすぐそばに立ったまま、言葉を続けた。

「もちろん、残念だけど。だって、あなたには、あの子のいい妻になれる気力があるんだもの。でもね、ただのお芝居を、あなたの意志に反してまで、祭壇の前まで続けなさいと無理じいはできないわね。明日の朝、一番近い空港まで、車で送るよう手配します。そこなら、イギリスまでのフライトがとれるはずですよ。お嬢さん、あなたはきっと、レアンドロがいないうちに、ここを出ていきたいでしょう。そんな偽の役まわりを無理やり演じさせた悪魔の顔なんか、二度と見たくはないでしょうからね。あなたはあの子を憎んでるに違いないわね──たぶん、あなたがいやいやあの子を愛しているのと同じくらい強く」

リーザは呆然《ぼうぜん》として立ちつくしていた。伯爵夫人は窓辺に歩みよると、しばらくの間、しのつく雨ときらめく稲妻を見つめていた。やがて、低い声でつぶやくように言う。

「神々がお怒りね。無理もないわ。敬虔《けいけん》な思いをこめて大切にしなければならない生命の源である愛を、まるで玩具《おもちゃ》か何かみたいに、男と女がもてあそんだのですからね……。マヌエラ、わたしたちみんな、一杯のワインで気を静めたほうがよさそうよ。そしてリーザ、わたしのお嬢ちゃん、わたしがまるで古い羊皮紙か何かのように、今にも塵《ちり》に変わってしまうみたいに見つめないでちょうだい。このことでは、ショックを受けるより、心を悩ませているんですから……自分の孫として、わたしはレアンドロを、黄金を捨てて鉄くずを選ぶようなことはしないと信用しています。だけど、一度手にした黄金を大切に守ろうとしないで、その金で賭をしようとするんなら、そのときは、責任はみんなあの子にあります──愛の法廷で破産を宣告されても、しかたないわね」

嵐は、夜が深まっても衰えなかった。ちょうど真夜中を過ぎたころ、まだベッドで眠れぬ夜を過ごしていたリーザは、寝返りをうったとき、下の前庭で人の声がしたように思った。ひじをついて半身を起こし、何か悪いことが起きたのかしらと、ぼんやり考える。突然、きゅっと胸が痛いほど心配になって、ベッドを抜け出し、部屋着を引っかけ、スリッパをつっかけると、ベランダに出た。

階下の一室から明かりがもれている。とたんに、伯爵夫人の容態を診てもらうために医者が呼ばれたに違いないと悟る。雨の雫《しずく》がぽつんと頬をぬらす。リーザは部屋にもどると急いで階段に走った。玄関のホールに駆け込もうとしたとき、誰かが応接間《サラ》から出てくるのに気づく。

長身の男は上着を脱いで、ワイシャツと黒いズボンの姿だった。黒髪が光る。今、ぬれた頭をふいたばかりだというように。

「レアンドロ！」

思わず叫んでしまう。あまり驚いたので、階段からころげ落ちそうになり、手すりにしがみつく。心臓が喉まで跳ね上がってしまった感じ。やっとレアンドロが階段を昇ってきて、まるで子どもみたいに軽々と両手でリーザを抱きあげると、今出てきた部屋へと運んでいく。陽焼けした、たくましさそのものの男だった。

「どうしてマドリッドにいらっしゃらなかったの？」

リーザは灰色の目をまんまるにして尋ねる。レアンドロはリーザを両腕に抱いたまま、足でドアをけって閉める。上着は椅子に掛けてあり、スーツケースにはまだ雨の粒が光っていた。

「ぼくがマドリッドにいたほうがいいのかい？」ゆっくりと、傷ついていないほうの目が、リーザのほっそりとした首から、部屋着の前まで、なめるように見る。薄青のナイロンが、リーザの激しい息づかいにつれて、せわしなく動いている。「ぼくがここにいるのはうれしくないのかな、リーザ？」

「でも、わたし、わけがわからないわ、セニョール」近々と、レアンドロの浅黒い顔があった。かすかに、あの悪魔の微笑を浮かべている、朝になったら逃げ出そうと思っている顔が。「アナはどこ？　それにチャノは？　何が起こったの？」

「二人は自分たちの運命への旅を続けてるさ。ぼくも自分の運命に、真っすぐ向き合うために帰ってきたんだけど」ゆっくりと、レアンドロはリーザを下ろす。が、両腕はリーザを抱いたままだった。「途中で、お昼を食べに車を止めたのさ。振り返ってみると、今にも嵐がきそうな空模様じゃないか。で、二人にはドライブを続けるように言い、ぼくはそこに残って、城までもどろうとハイヤーを呼んだってわけさ」

「嵐のせいだけ？」リーザはつぶやく。「でも、あなたはフランキスタに会いにいらっしゃるところだったんでしょ？　それより大切なことなんてあるのかしら？」

「ぼくにチャンスもくれないで、きみが逃げ出すかもしれないってことさ――おや、今、きみはびくっとしたぞ。やはり逃げ出すつもりだったんだな？　あんなに脅かしといたのに」

「やっぱり、出ていくつもりです……」リーザはなんとしてでも体をひき離そうとする。が、いつものように、レアンドロのほうがはるかに強い。「本気よ、レアンドロ。お祖母さまはすべてをご存じなの……」

「なんてことを！　きみはまさか……」

「いいえ。お祖母さまが、わたしとマヌエラとの話をお聞きになったの。誰かに話さないではいられなかったんですもの。でも、とても快く分かってくだすったわ。だから、お城を永遠に離れる手配をしてくださることになってます。朝になったらね」

「本当かい？　じゃあ、火曜日に帰ってきたら、きみはもういなかったわけだ――鳴く鳥も黙りこくって、墓場に変わるだろう！　太陽の光もすべてかげって、暗い影しか残らなくなる……」

「レアンドロ？」気も遠くなる思いだった。「わたし、ほんとに思ったのよ、あなたがマドリッドにいらっしゃるのは……」

「黙れったら！　ぼくの言うことも聞けよ！　今まで、ぼくにも何人か女友達はいた。確かに、フランキスタもその一人だよ。陽気で、ひらめきがあって、賢い。そのうえ、仕事も一緒にしている。二、三度、闘牛にも行ったよ。フランキスタが何よりもうっとりなるのは、闘牛士から勇敢な牛の耳としっぽを捧《ささ》げられることなんだ。フランキスタとぼくとのことを、きみがどう思い込んでいるか、よく分かってたさ。でも、フランキスタを愛してるってきみに思い込ませておこうという、ぼくの計画にぴったりだったからね……。一瞬でもきみは考えたことがあったかい、ぼくはきみ以外の誰とも結婚するつもりはなかったってことを——そうさ、きみさ。それなのに、こともあろうに、処女の臆病《おくびょう》風に吹かれて、パニックに陥り、ぼくから逃げ出そうとするなんて！　きみには最後まで真実が分からなかったんだろう——ぼくはそのままのきみが欲しかったんで、ほかの理由のせいなんかじゃないんだよ……。

きみはとても独立心が強い、いかにもイギリス人らしいおちびさんだから、もしぼくが、ぼくらの婚約は、ぼくのほうから言えば一瞬も偽ものなんかじゃなかったなんて言おうものなら、きみはあざわらったにちがいない——男には一目見ただけで、この女こそ自分のただ一人の女だと分かることがあるなんて話は、とても信じられないだろうからね。男性より女性のほうがロマンチックだなんて言うのは、とんでもない間違いだよ。きみをこの城に連れてきた瞬間から、きみをここに引きとめておくつもりだったんだ。きみはぼくの考えていた未来にぴったりだった。ぼくの心に完璧《かんぺき》にかなっていた。今、きみはぼくの腕の中で、こんなにもたおやかで、愛らしい」

レアンドロの腕の中で、リーザは弱々しく震えていた。こんなに苦しみをなめさせたことで、レアンドロをぶってやれたらどんなにいいかと思う。

「あなたったら……あなたったら、わたしをだましたのね。お祖母さまのために結婚しなくちゃいけないなんて言って。わたしをすっかり罠にはめて、もう、何がなんでも逃げ出すしかないって思い込むまで追いつめてしまって……」

「そうだね。ちょっとやりすぎたかもしれないな。その点はあやまらなくちゃ」

「許しませんわ。あなたって、まるで……悪魔みたいに振る舞って。そんなかたは、とても愛することはできません……」

「きみも愛してるって？」レアンドロはリーザの耳もとでささやく。「きみもキスしたいの？　きみもぼくが欲しいの？　雄牛みたいに、耳もしっぽも欲しいのかい、ぼくの女闘《マタド》牛士《ーラ》くん？」

「およしになって！」リーザはレアンドロの肩を押しのけようとする。「フランキスタに会いにいくっておっしゃったくせに！　それなのに、帰っていらしたら、今度はわたしを愛してるだなんて！」

「フランキスタに会いにいくって言ったのはきみのほうだよ、かわいいおこりんぼさん。もちろん、マドリッドに行けばフランキスタに会ったとは思うよ。フランキスタはどこにでも現れるからね。でも、真相は、新しい工場の契約書にサインしに行くところだったんだよ。書類は弁護士の手もとにあるから、当然、ぼくは弁護士のオフィスに行くことになる。そのオフィスがマドリッドにあるってだけのことさ。マドリッドにいる間に、きみにあれこれ買うものを考えてはいたんだけどね。プレゼントは待ってくれるさ、ダーリン。

でも、これはもう、待てない」

まだ驚きになかば開いたままのリーザの唇に、すばやくレアンドロの唇が襲いかかる。

鷹と鳩。でも、この鳩はまだ、レアンドロの手に飼い慣らされてはいなかった。けれども、いずれは、レアンドロと争うよりも、優しく鳴くようになるはずだった。

でも、今は、リーザはまだ争おうとしていた。けれども、温かい、断固とした、レアンドロの唇は、あまりにも甘美で抵抗できない。リーザが屈伏すると、今までレアンドロが話した言葉の本当の意味が分かりはじめるのだ。

やがて、ハエンの大聖堂に鐘が鳴り渡り、結婚の誓いが美しいラテン語で読まれる日が来るだろう。その日、太陽は輝き、リーザはレアンドロをこう呼ぶだろう――エスポーソ・ミオ。わたしの夫、と。

●本書は、1980年8月に小社より刊行された作品を文庫化したものです。

悲しみの葡萄

2016年5月1日発行　第1刷

著　者　ヴァイオレット・ウィンズピア

訳　者　安引まゆみ（あびき　まゆみ）

発行人　立山昭彦

発行所　株式会社ハーパーコリンズ・ジャパン
東京都千代田区外神田3-16-8
03-5295-8091（営業）
0570-008091（読者サービス係）

印刷・製本　大日本印刷株式会社

定価はカバーに表示してあります。

ハーレクイン文庫

「街角のシンデレラ」
リン・グレアム／萩原ちさと　訳

恋人に捨てられ、生後まもない赤ん坊を抱えて町をさまよっていたホリー。大富豪リオに車でひかれかけるが、なぜかそのまま屋敷に連れ帰られてしまう。

「魅せられた秘書」
キャシー・ウィリアムズ／山本瑠美子　訳

入院した妹の代わりに、グレイシーはすてきな社長モーガンの秘書をすることに。彼は過去に色目を使われて以来、地味でお堅い子ばかりを秘書にすると聞いて…。

「渚のプレイバック」
アン・ハンプソン／塚田由美子　訳

アラナが思いを寄せるのは、18歳のときに求婚してくれたギリシア貴族のコナンだけ。しかし彼は、やむなく他の男性と結婚したアラナを激しく憎んでいた。

「危険な億万長者」
サラ・モーガン／東　みなみ　訳

フェイスが流産していたと知るや、夫のラウルは結婚するために罠にはめたと冷たく責めたてる。同時に熱く体を求められて、彼の心がわからないフェイスは…。

「裏切られた純愛」
アン・メイジャー／柳　まゆこ　訳

幼い日、ゾーイは名家の一人息子アンソニーにすべてを捧げた。だが彼が親友と戯れている姿を目撃し、動揺のあまりゾーイは逃げるように町を去った。8年後…。

「止まらない回転木馬」
ノーラ・ロバーツ／中川法江　訳

ジュリエットは男性不信で恋愛未経験。ところがある日、ハンサムなプレイボーイの天才シェフ、カルロの本の宣伝ツアーに同行することになってしまう。

ハーレクイン文庫

「シンデレラの涙」
ベティ・ニールズ／古澤　紅　訳

看護師見習いトリクシーは病棟で転びそうになり、憧れのクレイン教授に抱きとめられた。でも気にもとめられずにいた数日後、教授から電話がかかってきて…。

「氷の中の真実」
ジャクリーン・バード／原　淳子　訳

母の愛人がマーリーンに遺した財産のことで、ロッコという美貌の男性が訪ねてくる。彼女はひと目で魅了されるが、金目当ての卑しい女と決めつけられて…。

「野生のジャスミン」
イヴォンヌ・ウィタル／中原もえ　訳

両親を失い、無一文になったサリカ。屋敷を買い取った大嫌いな大富豪ショーンはサリカを子どもだとばかにしたうえ、過保護すぎる扱いをしてきて当惑させる。

「不思議な遺言状」
エマ・ゴールドリック／飯田冊子　訳

孤児セアラの元にジョンという男が奇妙な遺言状を持って訪れた。彼女がジョンの屋敷に身を寄せれば遺産はジョンのものに、断ればセアラのものになるという。

「嬉しくないプロポーズ」
キム・ローレンス／漆原　麗　訳

完璧主義者の女性パティシエ、サマーが嫌悪するのは不完全な恋。だがホテルのレストラン改革を頼んできたオーナー、ブレイクになぜか胸が熱く疼きはじめ…。

「ショパンにのせて」
ノーラ・ロバーツ／福島純子　訳

完璧主義者の女性パティシエ、サマーが嫌悪するのは不完全な恋。だがホテルのレストラン改革を頼んできたオーナー、ブレイクになぜか胸が熱く疼きはじめ…。

超人気作家ダイアナ・パーマーの金字塔

〈テキサスの恋〉

第16話『最愛の人』

弁護士のサイモンにずっと思いを寄せていたティラ。サイモンとは友人でいられるだけでいいと願って生きてきたのに、彼から憎しみの言葉を浴びせられる。

4月15日刊

第17話『結婚の代償』

父を亡くして寄る辺のないテスはハート兄弟の屋敷で家政婦をすることになった。次男キャグに惹かれていたが、彼に嫌われていると知り、出ていこうとする。

5月15日刊

第18話『トム・ウォーカー』、第19話『ドルー・モーリス』の2話を収録した短編集 6月15日刊行。お楽しみに！

＊ハーレクインSP文庫